福樓拜
短篇小說選集

CONTES ET NOUVELLES CHOISIS DE
FLAUBERT

古斯塔夫·福樓拜 Gustave Flaubert——著
吳欣怡——譯

好讀出版

目錄

文本導讀（※推薦讀者也可先讀畢小說，再細細品味此精彩賞析）

美好的語言，醜惡的現實

文／翁振盛
中央大學法文系助理教授
法國尼斯大學法國文學博士

提到福樓拜，大家馬上會想到《包法利夫人》這部世界文學名著。除了長篇小說，福樓拜很早就開始創作各種類型的作品，其中也包含中短篇小說。

《福樓拜短篇小說選集》共收錄〈簡單的心〉、〈慈悲修士聖朱利安傳〉、〈希羅底〉、〈藏書癖〉、〈狂人回憶〉等五部作品。這幾部作品創作時間從福樓拜的早年一直延伸到晚年，篇篇都堪稱傑作，結構完整，語言精鍊，人物的營造和空間的描繪尤其出色。

前三個作品收錄於《三故事》（*Trois contes*）[1]。《三故事》是福樓拜晚期的作品。若按時間框架來看，這三個故事的排序為逆時間次序，〈簡單的心〉時間上最晚（十九世紀〉，〈慈悲修士聖朱利安傳〉次之（中世紀），最後是〈希羅底〉（古代）。福樓拜於一八七五年間開始寫作這三個故事，一八七七年完成，同年出版。底下分別依序簡述：

〈簡單的心〉

年輕的菲莉希黛[2]的戀情沒有開花結果，她蒙受重大的打擊，辭去農場工作去擔任女僕。接下來的幾十年，她盡心盡力服侍她的女主人歐彭女士和她的兩個孩子。後來菲莉希黛摯愛的姪子不幸命喪海外，歐彭女士的女兒也生病過世。有人將一隻鸚鵡贈與歐彭女士，她交給菲莉希黛照顧。從此以後，鸚鵡陪伴著她，一直到她生命的最後。

早在十九世紀末，佛洛依德即指出身體疾病往往是心理問題的移轉。受到壓抑的欲望並未消失，相反地，它無時無刻不蠢蠢欲動，並且利用機會適時反撲，甚至選擇以身體症狀的形式來展現。除了疾病之外，性驅力也可能從工作、創作、宗教信仰等活動或其他的事物中找到出口，此即所謂的昇華。長久以來，菲莉希黛的情感欠缺直接可以投注的愛戀對象，大半轉移到工作、宗教和鸚鵡身上。鸚鵡就像是她的家人、她的戀人，對鸚鵡的依戀並與其宗教信仰相結合。顯然，鸚鵡不只是鸚鵡而已，簡單的心並不簡單。

〈慈悲修士聖朱利安傳〉

〈慈悲修士聖朱利安傳〉的背景設定在中世紀，散發濃重的中世紀氛圍。就重塑一個逝去的時代這一點來看，〈慈悲修士聖朱利安傳〉似乎留存著浪漫主義的精神。

故事敘述慈悲修士聖朱利安坎坷不凡的一生。朱利安是一個城堡主的兒子，出生後不久，父母親分別聽到不同的預言。隨著年齡增長，朱利安慢慢發現自己的殺戮欲望，並且從殺戮中得到難以比擬的快感。他醉心於打獵，雙手沾滿鮮血，後來征戰沙場，立下汗馬功勞。最後，由於強烈的忌妒心，朱利安在盛怒之下鑄成難以挽回的錯誤……。

〈希羅底〉

〈希羅底〉的開始，分封侯安提帕斯焦急地等待羅馬援兵，但援兵卻遲遲不見蹤影，安提帕斯面臨內憂外患。他娶了兄弟之妻希羅底，爲了丈夫，希羅底願意割捨一切，然而，希羅底也是安提帕斯苦難的根源。尤卡納散播希羅底的壞話，希羅底對他恨之入骨，雖被

1 法文 conte 指的是簡短的故事（histoire brève），可以是寫實的，也可以是想像、奇幻的，通常依循一定的敘事模式，並且負載著道德意涵或者闡述哲學、道德的議題。nouvelle 一詞則涵蓋中短篇小說，一般而言，人物數量不多，時空框架受限，並且圍繞單一事件開展。但 conte 和 nouvelle 的界定並不完全清楚分明，因而出現混用的情形。

2 在《包法利夫人》中，女主角艾瑪的一個女僕也叫菲莉希黛。

囚禁起來，尤卡納還是不停地大聲嚷嚷，預言禍害終將降臨……。

〈希羅底〉觸及親屬關係、欲望、階級、種族、信仰和地域的衝突，種種亙古彌新的課題。福樓拜的〈希羅底〉讓希羅底和莎樂美的形象深入人心。十幾年後，王爾德的劇作〈莎樂美〉[3]問世，從此，莎樂美的故事歷久而不衰，一直到現在仍不斷重新改寫和搬演。

*

除了前述的三個作品，本選集另外還納入了〈藏書癖〉和〈狂人回憶〉兩部作品：

〈藏書癖〉

〈藏書癖〉敘述一個愛書成痴的巴塞隆納書商賈科莫，爲了得到珍貴的善本、手稿、古籍，甘願付出一切代價，傾家蕩產、形銷骨立，也在所不惜。從頭到尾，賈科莫無法抑制的占有欲望促使他不停地東奔西跑，也源源不絕地供輸敘事推進和發展所需的能量。

除了〈藏書癖〉之外，福樓拜未完成的遺著《布法與貝丘雪》（*Bouvard et Pécuchet*）是他另一部關於文本的小說。兩個主要人物偶然間相遇，彼此吸引，很快結爲莫逆。巧合的是，兩人除了職業都是抄寫員之外，還有很多共同點，他們鎮日不停的大量閱讀各類的文本，幾乎被書籍淹沒……。

談到《布法與貝丘雪》，不能不提福樓拜的《庸見詞典》（*Dictionnaire des idées*

reçues）。《庸見詞典》模仿辭典的編纂，按字母順序排列方式，簡明扼要解釋各類詞條（「咖啡」、「雪茄」、「書房」、「批評家」、「古典文學」……）。貌似中規中矩，實則極盡嬉笑怒罵之能事。福樓拜藉著《庸見詞典》嘲諷社會通俗、流行的看法，以及不假思索即接受的觀念。

〈藏書癖〉的主人公對書籍的渴望和難以言喻的情感、《布法與貝丘雪》裡抄寫的工作、《庸見詞典》的仿字典方式與對片段的執著，直接或間接啓發後世的作家，比如羅蘭．巴特[4]的《巴特自述》、《戀愛斷章》，還有培瑞克[5]的《冬季的旅行》，此作正是一個圍繞著書籍展開的敘事。故事的起始設定在二次大戰前夕，有一位年輕的文學研究者偶然在朋友家發現一本小書，書名叫做《冬季的旅行》。他一翻開書頁即萌生一種似曾相識的感覺，仔細閱讀之後，才發現這本小書可能顛覆整部文學史的書寫，因爲馬拉美（Stéphane

3 王爾德最早是以法文撰寫此一劇作。

4 羅蘭．巴特（Roland Barthes, 1915-1980），法國作家、批評家、哲學家、社會學家與符號學家，作品包括《巴特自述》（*Roland Barthes par Roland Barthes*）、《戀愛斷章》（*Fragments d'un discours amoureux*）、論文《作者之死》（*The Death of the Author*）等。

5 喬治．培瑞克（Georges Perec, 1936-1982），法國作家、電影製作人，作品包括《冬季的旅行》（*Le Voyage d'hiver*）、《傭兵隊長》（*Le Condottière*）、《空間物種》（*Espèces d'espaces*）、自傳《W或童年回憶》（*W ou le souvenir d'enfance*）等。

Mallarmé）、魏爾倫（Paul Verlaine）[6]等數不盡的作者都不約而同的從此書中擷取他們創作的養分。不幸的是，此一僅存的孤本毀於大轟炸中，他一輩子尋尋覓覓，卻再也無法找到另外一本《冬季的旅行》。

〈狂人回憶〉

〈狂人回憶〉是福樓拜早年的作品，這部稍嫌青澀的作品一直要到他過世二十年之後才出版。有別於其他四個故事，這部半自傳的小說採第一人稱的觀點敘述，夾雜著過往的追憶和自我冥想。主人公詳述了自己的學生生活、慘澹的青春、愛情的萌芽、痛苦與幻滅。

這部作品可說是《情感教育》的前身或雛形。就像〈狂人回憶〉一樣，在《情感教育》中，主人公菲德列克（Frédéric Moreau）初次遇見阿爾努夫人（Marie Arnoux）就瘋狂地愛上她，無法自拔。

〈狂人回憶〉充滿激情和恣放的想像，大膽甚或怪異的譬喻、華麗、強烈的意象、出其不遇的連結與組合，很難不讓人聯想到洛特雷阿蒙[7]的《馬爾多羅之歌》及超現實主義的詩作。

〈狂人回憶〉中，敘事者／主人公不停地思考閱讀和寫作的動機、目的，攤開書寫活動進行的歷程。書寫不是預先規劃好、按部就班完成的活動，相反地，書寫者在摸索中踽踽獨行，最後的形貌連他自己也未必能完全預測和掌控。從起始到結束，敘事者／主人公不僅沉緬於回憶，也不斷思索記憶的形成、意義、效應，以及時間的流逝和距離、書寫和記憶的關係。從這些面向來看，我們可以將福樓拜視爲形式創新和試驗的先驅，早於普魯斯特、紀德，乃至於後來的新小說和文學潛能工坊（Ouvroir de Littérature Potentielle, Oulipo）。

*

福樓拜的小說書寫之前經常有漫長的準備工作，他搜尋、閱讀資料，甚至實地走訪探察，然後才投入書寫。過程中不斷增刪修訂，推敲琢磨，就像畫家的習作，幾經波折，最後定稿才完成。福樓拜寫作的節奏極其緩慢，原因之一是他對語言的自我要求已接近自虐，不僅字斟句酌且十分講究句子的韻律和音樂性。

語彙的豐富多變直接左右人物營造的成敗。在本書收錄的幾個作品中，福樓拜成功塑造了幾種人物的類型，鮮明獨特，有稜有角，尤其具有心理深度和厚度。他筆下的人物既

6皆爲十九世紀法國早期象徵主義代表詩人。

7洛特雷阿蒙（Comte de Lautréamont），本名杜卡斯（Isidore lucien Ducasse, 1846-1870），法國詩人，一生僅留下《馬爾多羅之歌》（*Les Chants de Maldoror*）和《詩作》（*Poésies*）兩部作品，但對現代藝術與文學，尤其是超現實主義與情境主義，產生深遠影響。

不是完美無缺、凡事依循理性行事的完人，也不一定會成就一番轟轟烈烈的豐功偉業。很多時候，他們不過是平凡、卑微的小人物，陷溺於個人的小情小愛中，難以脫身。

這些人物躊躇滿志，在強烈或模糊的欲望驅使之下勇往直前，但命運多舛，他們像是困在一個死胡同裡，不停地原地打轉，卻怎麼都找不到出口。

朱利安一如伊底帕斯王，畏懼可怕的詛咒，選擇逃離城堡，但難以抑制的獵捕的欲望、報復的衝動，卻將他推向萬丈深淵。賈科莫想方設法要得到珍愛的書籍，滿懷希望，卻一次又一次鎩羽而歸。

福樓拜的敘事者有些時候看來淡漠，與筆下的人物保持一定的距離。他看待人物時偶爾帶著一點揶揄和嘲諷，甚或批判。然而，他並不是真的置之度外，敘事者和人物毋寧是維持一種既疏遠又親近、既分離又依戀的關係。

語彙的豐富多樣也充分展現在描繪當中，許多景色、建物、裝飾和物品的刻劃繁雜而細膩，豐富卻又不失深入，既凸顯局部又顧及整體。敘事者盡力鋪陳，慷慨地提供諸多的細節，毫無保留。從這點來看，似乎比較接近長篇小說。

描繪雖然繁複，卻不流於瑣碎，非但不會讓人覺得厭煩，反而使得作品變得可信。這部分要歸功於豐富的知識和事先的準備工作，收集文獻、閱讀、消化，適時融入作品之中，不落痕跡。一切看來有憑有據，不會有虛無飄渺、無的放矢的感覺。

〈慈悲修士聖朱利安傳〉的肇始，鉅細靡遺地描述朱利安父母居住的城堡，突出建築的結構、式樣、裝修、內部配置、擺設、物件以及周圍的環境。同一故事中還充塞著大量狩獵用的裝備、工具、武器、馬匹、獵犬、獵鷹、獵物的相關詞彙。〈慈悲修士聖朱利安傳〉中衆多狩獵、殺戮場景的描繪幾乎可以比擬《包法利夫人》第一部第二章艾瑪家的農舍，以及第四章查理和艾瑪婚宴場景的描繪。〈希羅底〉中，馬卡魯斯堡坐落的位置、四周的地形地貌和內部空間、陳設、傢俱、器皿的過度描繪，幾乎已經到了喧賓奪主的地步。〈藏書癖〉裡關於版本、印刷、藏書、拍賣會的描述也不遑多讓，福樓拜還不時訴諸列舉的方式，讓物件（名稱）接續出現，逐一羅列出來。描繪不只彰顯作者的博學多聞，更讓人覺得這一切眞實存在，的的確確發生了，就在我們眼前或周遭。

表面上，描繪看來客觀、中性，但表面冷靜的筆調底下其實暗潮洶湧。因爲文字符號不只是隨機或有意的排列組合而已，也是意圖、理念、價值和意識形態的載具。衆所皆知，福樓拜和十九世紀寫實主義的潮流難以切割，他一直被視爲寫實主義潮流的代表作家。但現實究竟是什麼？什麼又是一個社會的眞實圖像？

現實瞬息萬變，難以捕捉，亦沒有人可以擔保其眞確無誤。更何況，若我們採行一種寬廣的態度來看，所有的作品，縱然語言、風格、視野天差地遠，但它們難道不都是以某種形式在探索和再現現實嗎？

寫實主義之所以有別於其他的文學潮流，主要因爲它全面、真誠而坦率的態度，不自我設限、無所不談、無所不包。在寫實主義的大纛之下，好壞並立、善惡共存，可以傳達情感之純淨，亦可以展現欲望之奔流；歌頌生命的幸福與愉悅的同時，也披露現實的陰暗和醜陋。將日常生活的一切忠實呈顯出來，沒有造假，沒有遮掩，也沒有扭曲，毫無保留地揭發人之自私、貪婪、僞善、虛榮、唯利是圖。

如果說福樓拜長久以來一直被視爲寫實主義的中流砥柱（儘管他自己抱持保留的態度），或許正是因爲他面對生命，正視生命，尤其是生命中的不完滿與莫可奈何。日復一日、年復一年的淬鍊造就了他精準、幽微、豐富的語言，讓他知道應該如何去看待和梳理龐雜、捉摸不定、變化萬千的現實。以一種美好的語言去刻劃醜惡的現實，鞭辟入裡，直指核心，沒有多少人可以做得比他更好。

簡單的心

Un cœur simple

I

主教橋市的太太們對歐彭女士羨慕有半個世紀之久，人人都想同她一般，有個像菲莉希黛這樣的女僕。

菲莉希黛的年薪有一百法郎，包辦煮飯、灑掃、洗衣、縫衣、燙衣。她懂得如何套馬轡繩、飼養家禽、攪打奶油，且對女主人忠心耿耿，儘管對方並非隨和之人。

歐彭女士嫁給一位英俊窮小子，一八〇九年初丈夫過世，留下兩名幼子及龐大債務。於是她變賣名下不動產，只保留杜克農場與傑佛斯農場，因兩處地租最多可達五千法郎。她接著搬離聖梅萊納的居所，另外住進花費較少、位於市場後方的祖宅。

這棟鋪石房子位在兩條巷子中間，其中一條通往河流，屋內地面高低不一，容易絆倒摔跤。狹窄的玄關隔開廚房與起居室，歐彭女士經常坐在起居室靠窗的草編扶手椅，就這樣待上一整天。漆白的牆邊排放八張桃花心木椅，晴雨計下方有架舊鋼琴，上頭盒子紙箱成堆，疊得像座金字塔。路易十五風格的黃色大理石壁爐旁，擺了兩張絨繡扶手椅，中間放置象徵灶神廟的擺鐘。因地板比花園還低，屋內總是有點霉味。

來到二樓，首先看到「太太」的臥室，極為寬敞，壁紙是淺色花紋，牆上掛著身穿保皇派服飾的「老爺」肖像。臥室又通往一處較小的房間，裡頭可見兩張沒有床墊的小孩床，再過去是客廳，廳門長年緊閉，裡面堆滿家具，全以布巾覆蓋。經過通往書房的走廊，進入書房後，裡頭有張黑色原木書桌，書桌雙側及後方皆為書架，上頭塞滿書籍、文件，兩側牆面掛滿鋼筆素描、水粉風景畫及歐德洪[1]的版畫，用以紀念消逝的奢華年代及美好時光。光線透過三樓天窗照亮菲莉希黛的房間，從天窗可以俯瞰整片草原。

為了避免錯過彌撒，菲莉希黛每日天剛亮就起床，不停工作到晚上，晚餐後清理碗盤、關妥大門、往爐灰裡添柴火，最後才躺在壁爐前，拿著玫瑰經念珠入睡。沒人比她更會討價還價，清潔程度也是無人能及，她的鍋子亮到能令其他女傭自卑。因為節儉的個性使然，她刻意放慢吃飯速度，掉落桌面的麵包屑也撥成堆撿來吃。麵包是她自己準備的，一個十二磅，可吃二十天。

她一年四季都披著一條印度披巾，以別針固定，頭髮藏進軟帽，著灰色長襪、紅色襯裙，上衣外罩一件如醫院護士穿的翻領圍裙。

1 歐德洪（Audran），十七、十八世紀活躍於法國的藝術世家。

她的臉型瘦長、聲音尖銳，二十五歲看起來像四十歲，五十多歲時已經說不出有多老。她向來沉默寡言，挺直的身軀加上舉止謹慎，彷彿一具裝了發條的木偶。

II

一如旁人，菲莉希黛也有自己的愛情故事！

她的父親是水泥工，摔落鷹架而死，沒多久，母親也過世，姊妹流落各方。一位農夫收留她，派小小年紀的她看顧農場母牛，她總是一身破衣，冷得直發抖，或匍匐池塘喝水，或無緣無故挨打，最後遭冤枉偷了三十蘇[2]被趕出去。後來去別處農莊當養雞場女工，因為頗討雇主歡心，又惹來同事妒忌。

十八歲那年，八月的某個夜晚，她被大夥帶去參加科勒維爾慶典，街頭藝人表演的喧鬧樂曲、樹上的燈光、五顏六色的衣裝、滾花邊、金十字架飾品、同歡的群眾，瞬間令她頭暈目眩，看傻了眼。一個富家子弟模樣的年輕人，原本叼著菸斗，手肘倚靠拖板車的木杆，這會兒上前邀舞，她羞怯地退靠一旁。男子請她喝蘋果酒、喝咖啡、吃烤餅，還送了

2蘇（Sou），法國十九世紀的一種貨幣名稱。

絲巾，以爲女方意會自己的意思，遂提議送她回家。經過燕麥田旁，他突然撲倒她，女孩嚇壞尖叫，他只得離開。

後來一個傍晚，她走在前往波蒙的路上，準備超越一輛裝運乾草的大貨車。貼車而過時，她認出那夜的男子戴奧多爾。

戴奧多爾若無其事地與她攀談，說自己非常抱歉，全是「酒精惹的禍」。

她不知如何回應，只想逃跑。

戴奧多爾立刻改聊農作收成及鎮上名流，原來他的父親已搬離科勒維爾，遷居艾科農場，所以他倆其實是鄰居。「啊。」她應了一聲。男子又說家人盼他成家，他自己倒不急，還在等喜歡的女子出現。菲莉希黛低下頭，戴奧多爾接著問她想不想嫁人，她的嘴角掛著微笑，說他尋自己開心不好。「才沒有，我發誓！」他說，伸出左手環抱她的腰，摟著她散步。兩人放慢步伐，晚風柔和，星斗閃爍，一大車的乾草在前方左搖右晃，四匹馬拖著馬蹄前進，塵土輕揚，不用主人命令，就知道該右轉。他再度親吻女孩，她在夜色下跑開。

下個星期，戴奧多爾成功約了她好幾次。

他們約在庭園深處、高牆後方、孤樹底下，她不像一般未婚小姐不知人事，多是看動物學來的，但理性與守貞的天性阻止她再進一步。求歡遭拒反倒激起戴奧多爾的愛火，爲得償所願（也或許只是天眞），他提議結婚，女方半信半疑，他立刻發下重誓。

不久，他坦言有件麻煩事：去年他的父母花錢找人先代他服兵役，但總有一天他仍得親自服役，一想起此事他就怕。戴奧多爾的憂心等於是愛她的證據，女孩愛戀加倍，經常半夜偷溜去見他，戴奧多爾總以不安及懇求折磨菲莉希黛。

最後，他表示準備親自去市政府打聽消息，並與她相約下週日晚上十一點至十二點間會面，告知狀況。

約定時刻一到，她飛奔前往，與情郎相會。

人沒來，她只找到他的朋友。

這位朋友告訴她，她恐怕再也見不到戴奧多爾。爲了確保不用當兵，他已和杜克市一位叫勒鄔樹的有錢老女人結婚。

如此晴天霹靂！她撲倒在地，放聲尖叫、呼喊上帝，獨自在田野間啜泣到天明。接著她就返回農場，表明辭意，月底領完薪水，她拿條布巾，包好自己爲數不多的家當，前往主教橋市。

她在旅館前，遇上一位戴寡婦帽的女士，這位女士正想找個女廚子。年輕女孩會煮的菜不多，可是看起來誠意十足，又沒什麼要求，歐彭女士於是說：「好，我雇用你。」

十五分鐘後，菲莉希黛已經住進她家。

起初，無所不在的「家族門風」，以及對「老爺」的悼念令她過得戰戰兢兢。夫人的兩個孩子，七歲的保羅和剛滿四歲的維吉妮，她卻視若珍寶。爲了這兩個孩子，她不僅扮成馬讓他們騎在身上，還爲歐彭女士不許她任意親吻孩子而難過不止。不過她已心滿意足，平靜的日子沖散不少過往憂傷。

每週四，一些常客會來玩波士頓牌，菲莉希黛得事先備妥紙牌和暖爐，客人們準時八點抵達，十一點前就離開。

每週一早晨，住在巷裡的舊貨商便會擺起地攤，展示一堆破銅爛鐵。整座城市喧囂嘈雜，馬匹嘶鳴、羔羊咩叫、豬聲嘎嘎，外加馬車的噪音，此起彼落，充斥其間。接近中午市集最熱鬧的時候，入口處就會出現一位高個子老農，他反戴鴨舌帽，有一個鷹勾鼻，那是傑佛斯農場的侯貝冷。沒多久，杜克農場的里耶巴也來了，他的身材矮胖，一頭紅髮，穿著灰色上衣，綁腿裝有馬刺。

兩人都是來給農場主人送雞隻或乳酪的，菲莉希黛總能識破他們耍的花招，因此兩人對她充滿敬意。

歐彭女士不定期會接見舅舅葛蒙維勒侯爵，侯爵因荒唐揮霍而破產，祖產只剩法萊斯城裡一小塊地，也就是他現在的居所。他總在午餐時刻，帶一隻嚇人的鬈毛狗現身，牠老是踩髒所有家具。而侯爵雖然努力表現得像個紳士，凡提及「先父」必脫帽，但在酒一杯喝過一杯後，便開始口無遮攔，這時菲莉希黛就會禮貌地推他出門：「葛蒙維勒先生，您喝多了！下次見！」然後關上大門。

反之，她挺樂意開門迎接布赫先生，他當過訴訟代理人，那禿髮、白色領帶、襯衫襟飾、棕色大禮服、彎起胳臂吸菸的姿態，整個形象總能令人誤以爲什麼大人物要出場了。

他會與太太關在「老爺」的書房好幾小時，爲太太做財務規劃。此人老是害怕受牽連，對官員是畢恭畢敬，自認拉丁文不錯。

爲了促進孩子的學習興趣，他送給他們地圖版畫，上頭印製世界各地不同風貌，例如戴羽毛頭飾的食人族、綁架小姐的猴子、生活於沙漠的貝都因人、遭炮箭擊中的鯨魚等。

保羅有時給菲莉希黛講解版畫內容，她上過的文學課全部也就這樣了。

孩子們的文學課由居約負責，這可憐的傢伙在市政府工作，因爲寫得一手好字而出名，常拿把小折刀磨劃靴子。

天氣晴朗時，大家就在一早前往傑佛斯農場。

庭園位於山坡，屋子在正中央，遠處的大海看似一顆灰點。

菲莉希黛從提包裡拿出冷肉片，衆人便在乳品坊隔壁的房間吃起午餐。原本的別墅已不復見，獨留這處空房。屋內壁紙破爛不堪，碎片隨風飄落，歐彭女士低頭陷入回憶，孩子們跟著噤聲，直到她說「快去玩啊！」才一溜煙地跑掉。

保羅這時就會進穀倉爬高抓鳥兒、在池塘邊打水漂，或拿棍子敲打大木桶，聽來像擊鼓；維吉妮則餵餵兔子、忙著摘矢車菊，一雙小腿跑得飛快，不時露出她的繡花小長褲。

某個秋夜，大家穿過牧場準備回家。

上弦月照亮天邊一隅，雲霧如絲綢般繚繞在蜿蜒的杜克河上，臥躺草地中央的牛群靜靜望著四人走過。行經第三區牧場時，幾隻牛起身，在他們前方圍成一圈。「別怕！」菲莉希黛說，她低吟起某種曲調，輕撫最近那頭牛的背脊，牛掉頭離去，其他牛跟隨在後。然而，當穿越下一片牧地時，傳來嚇人的牛鳴，那是頭藏身濃霧後方的公牛，牠走近兩位女士，歐彭女士因此跑起來。

「不！不！慢點！」

雖然這樣喊著，她們卻加快腳步逃跑。後方公牛鼻息越靠越近，牛蹄如鐵鎚般捶打草地，公牛正發足狂奔！菲莉希黛轉身，抓起兩把土朝公牛眼睛扔去，被激怒的公牛壓低鼻尖，擺動起牛角，發出可怕的吼聲。歐彭女士帶著孩子逃到牧場盡頭，慌亂地想越過高地。菲莉希黛始終擋在公牛面前，一邊後退一邊持續丟擲土塊，藉此干擾公牛視線，同時大喊：「快跑！快跑！」

歐彭女士爬下溝渠，先推維吉妮上去，再推保羅。她自己奮力攀爬山坡，卻跌落好幾次，拚了老命才終於成功。

公牛將菲莉希黛逼到柵欄邊，口水噴濺到她臉上，眼看下一秒就要刺破她肚子，她趕緊趁隙從兩根欄杆間溜過去。那頭龐然大物大吃一驚，竟呆住不動了。

這事在主教橋市被津津樂道好幾年，菲莉希黛完全不自傲，甚至不覺得自己做了什麼英勇行爲。

她正忙著全心照料維吉妮，維吉妮受驚後精神出現問題，普巴醫生建議前往特魯維勒進行海水浴療法。

當時這種療法並不常見，歐彭女士多方詢問，請教了布赫先生，做好長期旅行的準備。出發前一日，里耶巴先駕馬車載走行李，隔天再拉來兩匹馬，一匹裝妥女用馬鞍，配有一組天鵝絨靠背，另一匹馬背則擱上捲起的大衣充當座椅。歐彭女士上馬，坐在里耶巴後方，菲莉希黛負責照護維吉妮，保羅跨騎的則是向勒沙安先生借來的驢子，出借條件是好好照顧牠。

旅途中路況很糟，八公里的路走了兩小時，馬兒膝關節以下深陷泥濘，每前進一步都得奮力擺臀，時而被路面坑洞絆倒，有幾次還得跳躍通過障礙。里耶巴乘騎的母馬行經某些地方會突然停下，他總是耐心等牠再度前進，沿路所見幾片地產，他也順口聊起每位地主的背景，加油添醋一番。到了杜克市，路過幾扇擺滿金蓮花的窗台，他聳聳肩道：「裡邊住的是勒鄔榭女士，就是那位挑了個年輕小夥子嫁的……」後面的話菲莉希黛再也聽不進去。之後馬兒快步前進，驢子也跑起來，大家穿過巷道，迎面一座柵欄開啓，出現兩個男孩，衆人在大門旁的糞坑前下馬。

里耶巴的母親一見老闆娘，立刻熱情相迎。她特地準備豐盛午餐，將牛腰肉、牛肚、香腸、燉雞、氣泡蘋果酒、醃果子餡餅及李子酒擺上餐桌，且對夫人殷勤禮貌，稱讚她看來氣色不錯，誇獎小姐「變漂亮」、保羅少爺尤其「長壯」了。她亦不忘提及他們已故的祖父母，里耶巴家好幾代都替歐彭家工作，所以彼此認識故人。農莊自然也是年代久遠，天花板的橫梁遭蟲蛀蝕，牆壁被煙燻得焦黑，灰色方磚布滿灰塵，橡木餐櫃塞滿各式工具、水瓶、盤子、錫碗、捕狼器、羊毛大剪子，還有一支惹孩子發笑的大針筒。三座庭院裡的蘋果樹根都長滿蘑菇，有些樹枝上還冒出槲寄生，即使被風吹倒，枝幹也會再度從樹腰冒出，每棵樹結實累累，拖得枝幹彎曲低垂。農舍屋頂鋪有棕色絲絨般的茅草，濃密不一，用以抵禦狂風吹襲，不過車房已經倒塌，歐彭女士說她會留心，並吩咐給牲口套好鞍具。

衆人又花了半小時才抵達特魯維勒，這一小隊旅客下馬步行，通過突出於船塢上方的艾科爾懸崖，三分鐘後他們來到碼頭，走進大衛修女的「金羊旅舍」庭院。

療程頭幾日，維吉妮就覺得沒有那麼虛弱了，全賴改變環境與海水浴的功效。因爲沒有合適衣服，她決定穿襯衫做海水浴，女僕在海關室一間供救生員使用的房裡替她更衣。

午後，大家騎著驢子前往黑色岩石群另一頭，靠近翁尼克鎮的地方。首先得上行穿過一條小徑，小徑兩側地勢起伏不平，綠草如茵像公園草坪。他們接著登上一片高原，沿路的牧場與耕地錯落，路邊雜亂的荊棘叢裡，冬青樹拔高而立，隨處可見枯萎大樹在藍天下擺弄彎曲凹折的枯枝。

他們通常在同一塊草地休息，此處左側是多維勒城，右邊是哈佛港。面向草地的大片海洋，在陽光下波光粼粼，平滑如鏡。風和浪靜中，依稀聽得見海語呢喃，躲起來的麻雀啾啾啼叫，天際無邊。一行人坐在其間，歐彭女士做起針線活，一旁的維吉妮則編製燈心草，菲莉希黛替薰衣草拔除雜草，只有保羅覺得無聊，一心只想離開。

有時，他們會搭船去杜克撿貝殼，退潮時能找到海膽、扇貝、水母。孩子們一齊追逐，想捉住海風送來的浪花，失力的海浪碎落沙灘，沿著岸邊成片展開。大海一望無際，唯獨幾座沙丘隔在陸地與跑馬場般的大草原中間。回程時，每走一步，山坡下的特魯維勒就更大了點，城鎮裡錯綜的房舍猶如花朵怒放。

天氣太熱的話，他們就不出門。刺眼的陽光透進百葉窗，村鎮悄無聲息，底下河道兩側空無一人，全然的寂靜使人心神更加安穩。遠處，工人正拿起補縫槌敲打船底，微風挾帶柏油氣味吹來，空氣更顯窒悶。

他們最大的消遣在於觀看船隻返港，小船只要越過航標，立刻逆風搶道疾行，風帆降至桅杆三分之二處，前桅帆鼓脹如球。小船於汩汩浪潮中前行，一路駛進港口、下錨、停靠碼頭，水手將活跳跳的漁獲拋上船板，成列的馬車等著他們，頭戴棉帽的婦女們奔上前去，或者抬魚簍，或者擁抱丈夫歸來。

某日，其中一位婦人與菲莉希黛攀談，不久，當女傭興高采烈進屋時，她已經多了一位姊妹。來人是勒胡太太，閨名娜絲塔西·巴赫特，她左手懷抱嬰兒，右手牽個小孩，旁邊還站著一位頭戴貝雷帽、雙手插腰的小水手。

十五分鐘後，歐彭女士就把他們打發走了。

之後總在廚房附近或散步時遇見他們母子，丈夫則從未現身。

菲莉希黛喜歡他們，替他們購置毯子、上衣、鍋子，人家當然是在利用她，歐彭女士對這種濫好人行徑大為惱怒，尤其討厭小水手的隨便，因為他用「你」叫她兒子。所以當維吉妮犯起咳嗽，氣候開始轉差之時，她就決定打道回府，返回主教橋市了。

布赫先生指點歐彭女士如何選校，最後認為卡昂市的學校是最佳選擇，隨即將保羅送去就學。保羅勇敢地與大家道別，能和同學住宿生活他覺得不錯。

歐彭女士作主讓兒子離家，畢竟這是遲早的事。維吉妮越來越少想起哥哥，菲莉希黛則對他們吵吵鬧鬧的日子怪懷念的，不過有項任務分散了她的注意力：從聖誕節開始，她必須每天帶小女孩上教理課。

III

菲莉希黛在教堂門口行完屈膝禮，走進挑高的教堂大殿，穿過兩排座椅，拉開歐彭女士所在的長椅，坐下後四處張望起來。

唱詩班禱告席上坐滿孩子，男孩坐右邊，女孩坐左邊，神父站在唱詩台旁。半圓形後殿的彩繪玻璃上，是聖靈俯視聖母的圖像，另一片則繪有跪在聖子面前的聖母。禮拜堂後方有一組木雕，刻畫聖米歇爾擊敗猛龍的事蹟。

神父簡單講述起聖經故事，菲莉希黛彷彿親見天堂、洪水、巴別塔、火燒的村落、死亡的人民、傾倒的偶像，這些傳奇軼事令她對至高的上帝充滿敬意，對上帝的雷霆之火敬畏不已。她在聽到耶穌受難時落淚，因祂鍾愛孩童、餵養衆生、治癒盲者，心懷慈悲而自願生於貧窮人家的馬槽裡，爲何要把祂釘上十字架？舉凡播種、收割、榨油等生活中的尋常事，處處道盡福音，俗事在神的篇章裡顯得神聖。她又因神的羔羊一段，更心疼小羊，因聖靈形象而喜愛鴿子。

她想像不出聖靈眞實的模樣，祂不只是鳥兒，有時是火焰，有時是風，也許黑夜裡、池沼邊，閃動的是祂的光芒，吹散烏雲的是祂的氣息，悅耳的鐘聲實爲祂的嗓音。菲莉希黛心懷崇敬，享受石牆的涼爽及教堂的寧靜。

至於教義，她完全不懂，甚至不求理解。神父講道，孩童背誦，最後她總是睡著了，直到大家鞋履踏地，喀喀的腳步聲才終於使她驚醒。

年少時沒有好好受過宗教教育，經由這樣反覆聽講，竟也將教義學會了，自此，菲莉希黛開始模仿維吉妮，與她一起守齋、懺悔，基督聖體聖血節[3]那日，她倆也共同做彌撒聖祭。

她在維吉妮第一次領聖餐前，感到焦慮心慌，爲典禮用的禮鞋、念珠、聖經、手套激動莫名，協助夫人幫維吉妮著裝時，更是渾身發抖！

整場彌撒，她坐立難安。

布赫先生擋住唱詩班一側，她仍可瞧見正前方那群頭戴白冠、面紗低垂的童貞女，放眼望去如皚皚雪地，她遠遠就能認出她的小寶貝那極可愛的頸項與專注的態度。鐘聲響起，大家低下頭，鴉雀無聲，待管風琴音響起，唱詩班及衆人起音唱《羔羊頌》，男孩那列開始唱和，女孩們隨後起立，手牽手步向燈燭熠熠的祭壇，跪在第一階樓梯上，依序領取聖餅，接著原隊伍返回禱告台。輪到維吉妮時，菲莉希黛傾身注視，滿腔眞摯的情感令她有種與這孩子合而爲一的錯覺，那張臉變成自己，穿著那身禮服的也是自己，心在胸口猛跳，張嘴閉眼間，她差點暈眩倒地。

隔天清早，她來到聖器室，向神父領聖餐。她恭敬接下，卻再感受不到昨日的狂喜。

歐彭女士希望女兒接受全人教育，當居約無力教她英語及音樂時，夫人便決定送她去翁弗勒市的聖吳甦樂會[4]寄宿學校。

女孩沒反對，菲莉希黛卻唉聲嘆氣，覺得夫人太狠心，後來轉念一想，主人也許是對的，這些事超出她的能力範圍了。

終於，某一日，一輛舊馬車停在門口，一位修女下車找小姐。菲莉希黛將行李搬上車頂，叮囑馬夫當心，並將六罐果醬、一打梨子、一束紫羅蘭全裝進行李箱。

維吉妮到最後一刻才放聲大哭，她緊抱母親，母親吻著她的額頭，反覆說道：「去吧！加油！加油！」踏板收起，馬車離開了。

歐彭女士再也支撐不住，到了晚上，羅莫管家、勒沙妥太太、赫胥佛姊妹、屋柏維勒先生和布赫先生，全部朋友都來慰問了。

3又稱聖體節（Feast of Corpus Christi），是天主教和部分聖公宗、路德宗慶祝的節日，日期爲不固定的星期四，通常落在五月到六月下旬間。民眾在節日中進行遊行表演、禱告、獻祭壇等活動。

4聖吳甦樂會（The Order of Saint Ursula，OSU），西元一五三五年於義大利北部創立的天主教女修會，以女子教育、扶傷濟貧而聞名，創始者爲聖安琪・梅里芝（St. Angela Merici, 1474-1540）。

女兒不在身邊，剛開始確實令人痛苦，但每週她都會收到女兒三次來信，其他天她也會寫信過去，或在園子散步、或是讀點書，以此填補空閒時間。

菲莉希黛則是習慣每天早上去維吉妮的房間，望著牆發呆，感嘆再也無法替女孩梳頭、綁鞋帶、蓋棉被，再也無法時刻見著可愛的小臉蛋，再也無法一起牽手出門。她閒得發慌，試著織些花邊，卻粗手笨腳弄斷絲線，失去生活重心的她，夜裡開始失眠，按她的話來描述，她正在逐漸「凋零」。

爲了轉移注意力，她請求接來外甥維克多。

維克多在週日彌撒結束後抵達，臉頰紅通通的，打著赤膊，渾身散發田野的氣味。菲莉希黛立刻擺好餐具，兩人對坐吃飯，爲了省錢，她自己盡量少吃，卻拚命餵食外甥，直到他吃撐睡著爲止。第一次晚禱時，她叫醒外甥，幫他刷淨褲子、繫上領帶，挽他的胳臂，帶著人母的驕傲，一起去教堂。

維克多的父母總叫他多討要點東西，例如紅糖、肥皂、白酒，偶爾甚至是要錢。即使拿破衣服給菲莉希黛修補，她也毫不猶豫照辦，還慶幸有這機會讓外甥再度光臨。

直到八月，維克多被父親帶去跑船。

適逢學校假期，孩子們返家度假，讓她好受多了。然而，保羅變得任性，維吉妮也過了可以用「你」來稱呼的年紀，如此拘禮，兩人間也生分了。

維克多陸續前往莫萊、敦克爾克、布萊頓，每次回來，都會給菲莉希黛捎上禮物，第一次是貝殼做的盒子，第二次是咖啡杯，第三次是大薑餅人。他變帥了，身材健美，冒出一點髭鬚，眼神清亮，像其他船員那樣反戴小皮帽，講故事逗菲莉希黛開心，間或夾雜水手的行話。

一八一九年七月十四日星期一（她永遠忘不掉這日），維克多宣布他受雇跑一趟遠程航線，將於後天晚上搭翁弗勒的遠洋郵輪去哈佛港，轉搭雙桅帆船出航。這一走，或許就是兩年。

一想到如此久別，菲莉希黛鬱鬱寡歡，為了再次道別，週三晚上夫人用餐後，她穿上木鞋，硬是從主教橋市走了四法里路到翁弗勒。

當她走到卡非市，本該左轉卻右轉，結果在工地裡迷路了。等她走回原路找人詢問時，那些人勸她最好快點，她在停滿船的港口繞一圈，甚至撞到纜繩，忽地，地勢陡降，光影交錯中，她見到數匹馬兒凌空出現，還以為自己瘋了。

原來碼頭旁，升降機正將馬匹運送至船上，幾匹馬因害怕海水而嘶叫。船上旅客在一堆蘋果酒桶、乳酪籃、穀物袋間推擠搶道，還可聽見母雞啼叫、船長咒罵。一名年輕水手倚靠船杆而立，一副置身事外的模樣，菲莉希黛顧不得認人，直喊道「維克多！」

少年抬頭，她衝上前，船梯卻倏地收起。

婦女們一邊拉動纜繩一邊唱歌，遠洋郵輪駛離港口。船骨喀拉作響，厚浪猛擊船頭，風帆轉向，已看不見船上的人。明月映照海面，一片銀光閃閃，郵輪變成一個小黑點，越遠越模糊，直至隱沒無蹤。

菲莉希黛經過卡非市附近，發願求上帝保佑她最親愛的外甥，她禱告良久，起身時，淚流滿面地望向天邊灰雲。整座城市都睡了，只剩海巡人員走動巡邏的腳步聲，海水不停流過閘門，水聲汩汩，兩點的鐘聲恰巧響起。

寄宿學校的會客室天亮後才開，而且遲歸的話，夫人鐵定生氣。菲莉希黛只得放棄抱抱維吉妮的念頭，趕緊回家。當她踏進主教橋市，旅館的女傭才剛睡醒。

可憐的維克多！可憐的孩子，已經過了數月海上漂流的生活！外甥的前幾次航行從未使菲莉希黛擔心過，不過就是從英國或不列塔尼回來，但是美國、殖民地、群島，卻是遠在天邊，在世界另一頭的未知之地。

此後，她一心掛念外甥，豔陽天中擔心他口渴，狂風暴雨時怕他遭雷擊，聽到壁爐裡傳來風聲呼嘯及吹落石塊的聲音，她就彷彿見著外甥被同樣的暴風侵襲，人從碎裂的船桅頂向後跌落海面。甚或，她想起地理版畫記載的，他可能被野人吃掉、被猴子抓進森林、死在荒涼的海灘，然而她從未將擔憂說出口。

歐彭女士這廂則是擔心女兒。

修女們覺得維吉妮的感情豐富，卻過於敏感，情緒稍遇刺激，反應就很大，應該放棄學鋼琴。

做母親的要求寄宿學校定期來信，某天早上郵差沒來，她心急如焚，在客廳走來走去，徘徊於扶手椅及窗邊。

實在太反常！足足四天沒有消息！

爲了安慰夫人，菲莉希黛舉自己的例子道：「夫人，瞧我都六個月沒收到信了！」

「收誰的信？」

女管家柔聲回答：「就是……我的外甥啊。」

「啊，你外甥。」歐彭女士聳聳肩，繼續踱方步，意思是：有什麼好想？再說，我也不在乎！一個水手、窮小子，我知道這樣就夠了！至於我的女兒，那才該多費心思呢！

雖然菲莉希黛早已習慣夫人的刻薄無禮，這回卻忍不住生氣，但事後也忘了。

說到底也是因爲女兒才失去理智。

兩個孩子同等重要，她心繫兩人，認爲他倆命運合該相同。

藥師告訴她維克多的船抵達哈瓦那，他是從報紙讀到這消息的。

因爲哈瓦那盛產菸草，她以爲那國家的人無所事事，只顧抽菸，維克多想必在菸霧中與一群黑鬼打交道。那「必要時」能走陸路回來嗎？那兒離主教橋市有多遠？她去找布赫先生求答案。

布赫先生取出地圖集，開始解釋經線，見菲莉希黛目瞪口呆，不禁露出得意的學究笑容。最後，他拿筆桿指向鋸齒型海岸上某塊橢圓裡的黑點，小到幾乎看不見，說道：「這裡。」菲莉希黛彎腰貼近地圖，光瞧那彩色網線就令她眼痠，更別說學了。布赫要她別害羞，有話就問，於是她請布赫指出維克多的住處。布赫舉起手，打了個噴嚏，放聲大笑，被她的天眞逗樂。菲莉希黛不懂他爲何而笑，這見識短淺的女人，或許還期待從地圖上看見外甥的臉！

兩週後，里耶巴照常於市場營業時出現，進廚房遞來一封信，說是菲莉希黛的姊夫寄來的。她不識字，於是找女主人幫忙。

歐彭女士正忙著計算針數，她擱下針線活，拆信閱讀，隨即顫抖地盯住她，低聲道：「很不幸的……我們通知您……您的外甥……」

他死了。其他沒再多提。

菲莉希黛跌坐椅子，頭靠向牆壁，眼眶一紅，閉上雙眼。她低下頭，兩手垂落，目光呆滯，隔幾分鐘就說：「可憐的小夥子！可憐的小夥子！」

里耶巴嘆著氣安慰她，歐彭女士微微發顫。

女主人建議她去特魯維勒探望姊姊。

菲莉希黛手一揮，回答不需要。

當場一陣靜默，好心的里耶巴識趣離開。

然後她才開口：「他們才不覺得怎麼樣！」

她再度低頭，偶爾，無意識地拿起長縫針放上工作桌。

一群女人推著洗衣車經過院子，車上的衣物還滴著水。

她從窗戶玻璃望見此景，想起自己還有衣服沒洗，前晚浸泡的，今日可得刷洗了，於是她走出房間。

她的洗衣板和水桶全在杜克河邊，她將成堆衣服丟上河岸，捲起袖子，拿起棒槌用力拍打衣物，擊打聲大到連隔壁園子都聽得見。牧場空無一人，微風吹拂河面，河底大型水草隨波傾倒，好似死人頭髮漂浮水中。她強忍悲傷直到晚上，等回到房裡再也忍不住了，她撲上床，臉埋進枕頭，握拳緊壓太陽穴。

過一陣子，她才從維克多的船長口中得知他臨死前的情況。他染上黃熱病，入院後放血過多而亡，有四位醫生同時搶救。

他死得太急，主治大夫甚至說：「喔！又死一個！」

維克多的父母沒有善待過他，菲莉希黛完全不想再見那兩人，對方也沒聯絡，或許是忘了，或許是苦日子過久了，變得冷酷無情。

與此同時，維吉妮的身體越來越虛弱。胸悶、咳嗽、發燒頻繁，顴骨處冒出如大理石紋的斑痕，顯示病情嚴重。普巴先生建議去普羅旺斯小住，歐彭女士決定照辦。若非主教橋市氣候不佳，她打算立刻接女兒回家。

她談妥一輛出租馬車，每週二搭乘它去寄宿學校。從修道院花園裡的露台可見塞納河，維吉妮會挽著母親手臂，踩著葡萄藤落葉散步。當她遙望遠處船帆，以及串起唐卡維勒城堡與哈佛港燈塔的海平線時，偶爾會讓穿透雲層的陽光逼得瞇起眼，母女兩人就在藤架下休息。母親弄來一小桶上好的馬拉加酒，女兒一想像自己喝醉的模樣就發笑，所以只喝一點點，從不多喝。

秋日漸去，維吉妮逐漸恢復體力，菲莉希黛要歐彭女士放心。但某個晚上，她去附近買東西回來，見門口停著普巴先生的敞篷馬車，他人在玄關，歐彭女士正在繫緊帽子。

「拿我的暖手爐、錢包、手套來！快點！」

維吉妮得了肺炎，情況很不樂觀。

「還不一定！」醫生如此說道，兩人坐上馬車。大雪紛飛，夜幕降臨，天氣很冷，菲莉希黛先上教堂點亮蠟燭，再追趕馬車，一小時後才趕上。她輕輕跳上車尾，抓住車上的麻繩，卻突然想起：院子門沒關！小偷闖進來怎麼辦？於是又趕緊下車。

隔日清晨，她去醫生家，醫生回來過，但現在又去鄉下了。她只好待在旅館，指望什麼人能捎封信來。最後，天一亮，她搭上利希爾的公共馬車。

寄宿學校坐落於一條陡峭的小路盡頭，走到半路，她聽見不尋常的聲音，那是喪鐘聲。

「別人家的吧。」她心想，用力拉扯門環。

幾分鐘後，有人拖著腳步前來，門微微開啓，出現一位神職人員。

這位修女面色凝重地開口：「她剛走。」與此同時，聖雷歐納的喪鐘再度響起。

菲莉希黛步上三樓。

她從房門口望見維吉妮躺著，雙手交握，嘴巴張開，臉色比兩旁束起的床幃還要蒼白，後仰的頭上擺著一副黑色十字架。歐彭女士站在床腳，摀著臉，悲痛哽咽，修道院長站在右邊。五斗櫃上的三座燭台滴落紅蠟，濃霧染白了窗，修女們最後攙扶歐彭女士離開了。

連續兩晚，菲莉希黛守著遺體，反覆禱告，在床單上灑聖水，然後坐下，凝望死者。第一晚結束時，她發現女孩的臉色變黃、嘴唇發青、鼻子緊縮、雙眼凹陷。她親吻女孩數次，倘若此刻維吉妮轉醒，她絕不會感到驚嚇，不過就是某種超自然的靈魂現象罷了。她替亡者淨身、裹上殮布、將遺體搬入棺材，爲其戴上花冠，梳理她的頭髮。女孩有一頭金髮，留著同齡孩子少見的長度，菲莉希黛剪下一大把，將其中一半揣進懷裡，永誌不忘。

依歐彭女士意願，遺體被運回主教橋市。歐彭女士乘坐箱型馬車，跟在靈車後面。彌撒結束，抵達墓園尚需四十五分鐘，走在最前的保羅一路啜泣，隨後是布赫先生，接著是鎮上名流、身穿黑斗篷的婦女們以及菲莉希黛。她想起外甥維克多，自己沒能參加他的葬禮，更感哀傷，如今，彷彿一同葬下兩個孩子。

歐彭女士陷入無止盡的絕望。

她先是不再相信天主，覺得自己從不作惡，心思聖潔，女兒被祂帶走實在不公平。不對，是她做錯了！應該帶女兒去南部，別的醫生或許能救活她！歐彭女士萬分自責，想跟隨女兒去了，夜夜夢魘纏身，痛哭而醒。其中一個夢尤其令人不安，那是她的丈夫，水手裝扮，從某趟長途旅行返回，哭著對她說自己接到帶走維吉妮的指示，於是兩人商討起藏身處。

有一次，她從花園回來，驚慌失措，說剛才（且指明地點）見到父女倆接連現身，他們什麼也沒做，只是盯著她看。

接連數月，她待在房裡，如槁木死灰一般，菲莉希黛慢慢勸她，爲了兒子該好好珍重自己，也才能好好懷念「她」。

「她？」歐彭女士回應，像剛睡醒般，「啊！對，對，可別忘了她！」

大家在太太面前都小心避談墓園。

菲莉希黛倒是每日都去。

下午四點整，她準時經過一排房子，爬上山坡，打開柵欄門，來到維吉妮墓前。那是一小座玫瑰色大理石碑，底下鋪著石板，用鐵鍊圍出一區小花園，花壇上長滿鮮花。她替葉子澆水、更換沙土、跪下仔細翻土，歐彭女士來時若能稍減苦楚，也算是種安慰。

又過了數年，生活一成不變，幾個大節輪番度過：復活節、聖母升天節、諸聖節。幾件家務事因爲記錄日期才有點印象，像一八二五年，窗戶工粉刷玄關；一八二七年，屋頂一角掉進院子，差點砸死人；一八二八年夏，輪到夫人發聖餐。那段期間裡，布赫先生不知所蹤，舊友居約、里耶巴、勒沙妥、侯貝冷，和那位癱瘓許久的葛蒙維勒舅舅相繼過世。

某晚，郵車司機來到主教橋市，通告七月革命發生[5]，幾日後，新市長銜命上任，是前駐美領事拉松尼耶男爵，帶著妻子、小姨子與三名成年女兒同行。有人見過這些女眷，她們衣衫飄逸，漫步草坪，身旁有黑奴服侍，還養了一隻鸚鵡。對方來拜會過，歐彭女士少不得回訪，當她們大老遠出現，菲莉希黛便得跑去通報夫人，但唯一能讓夫人開心的，只剩下兒子的來信。

保羅什麼工作都做不久，鎮日流連小酒館，剛替他還清一筆債，他又欠下另一堆。歐彭女士總在窗台那兒邊打毛線邊嘆氣，嘆氣聲直傳到在廚房踩紡車的菲莉希黛耳邊。

5 法國七月革命（July Revolution，法語 Révolution de Juillet），發生於西元一八三〇年七月，因法國人民不滿查理十世的專制，遂起而反抗，最後推翻波旁王朝，也激起歐洲其他國家、地區的革命行動。

主僕倆沿樹籬散步時，總會聊起維吉妮，猜測她遇到哪些事應該會高興，或在哪些情況下她可能會說什麼。

維吉妮的小東西全部收在某間有兩張床的臥室壁櫥裡，歐彭女士盡可能不去翻看。某個夏日，她決定去瞧瞧，衣櫃一開，竟飛出大群飛蛾。

衣架上掛著成排洋裝，下方擺著三個娃娃、幾個木環玩具、一套扮家家酒和維吉妮專用的臉盆。主僕倆搬出襯裙、長襪、手帕，收疊回去前，先鋪放在兩張床上，陽光照亮這些可憐東西，汙漬及穿過的痕跡清晰可見。天氣晴朗炎熱，烏鴉啞啞啼叫，此時此刻，如此靜謐美好。她們翻找出一頂長絨毛栗色小帽，卻早已被蟲蛀壞了，菲莉希黛央求把這頂小帽留給自己，兩人相視，眼眶泛淚。最後女主人張開雙臂，女僕投身向前，她們相擁而泣，這個不分彼此的擁抱，平復也宣洩了兩人的痛苦。

這是她們這輩子第一次擁抱，歐彭女士並非情感外放之人，菲莉希黛感恩戴德，往後更如忠犬、信徒般敬愛主人。

這天的經歷甚至更激發了她的慈悲心。

每當聽見街上傳來軍隊行軍的鼓聲，她便拿壺蘋果酒站在門口，遞給軍人喝。她照顧霍亂患者、庇護波蘭人，其中一位還嚷嚷著要娶她，但後來兩人鬧翻了。因爲某個早上，她從三鐘經聚會[6]回來時，發現那人擅自進廚房，做了酸醋醬，自顧自吃起來。

繼波蘭人後，是一個叫戈米須的老頭子，據傳在一七九三年間幹過不少壞事。他住在河邊一處廢棄豬圈，頭髮很長、眼皮紅腫，手臂長了一顆比頭還大的瘤。孩子們從牆縫偷看他，丟他石頭，石頭掉在破床上，他卻總是躺著，只因咳痰而劇烈搖晃。菲莉希黛給他找來衣物、盡心打掃住處，希望在不妨礙夫人的情形下將他安置到麵包坊，腫瘤破裂時，更花上整日替他包紮。她有時送來烤餅，把他移至稻草堆上曬太陽，可憐的老傢伙流著口水，渾身發顫，無聲地向她道謝，見她離去，便伸長手，怕她再也不來了。後來老人死了，她替他做了彌撒，願他安息。

就在當日，好運降臨。拉松尼耶太太的黑奴在晚餐時分前來，帶著裝有鸚鵡的鳥籠、木架、鍊子、鎖頭等，以及男爵夫人捎來的紙條。紙條上寫她的丈夫升官為省長，他們已在傍晚離開，為表敬意，拜託歐彭女士收下鸚鵡，留作紀念。

菲莉希黛對鸚鵡印象深刻，因為牠來自美國，這令她想起維克多，因此她時常拉著黑奴詢問鸚鵡的事，某次更說：「夫人若有這鸚鵡一定很高興！」

黑奴曾將這話告訴女主人，女主人於是決定，既然帶不走鸚鵡，轉送夫人也罷。

6三鐘經（Angelus），原為拉丁文的「天使」之意，是記述聖母領報及基督降生的天主教經文。由於教堂會在早上六時、中午十二時及下午六時鳴鐘，提醒信友祈禱頌念此經文，故名「三鐘經」。

IV

鸚鵡名叫露露，一身綠毛，翅膀末端呈粉色，額頭是藍色，脖子則爲金色。

這鳥有一堆惹人厭的壞毛病，啃木架、扯羽毛、甩糞尿、噴濺洗澡水等，歐彭女士實在受不了，於是將牠轉送給菲莉希黛。

女傭接手後開始教育鸚鵡，很快地，鸚鵡學會複述：「帥哥！傭人！先生！萬福瑪莉亞！」鳥籠擱在門旁樓梯一角，有些人對於喚牠賈哥但牠毫無反應感到訝異，因爲所有鸚鵡都叫賈哥啊！大家把牠比做一隻火雞或一根木頭，這樣的嘲諷當眞令菲莉希黛感到痛心！露露的脾氣又古怪固執得很，只要有人注視牠，就偏不講話！

然而，牠對團體生活非常熱中，因爲每週日赫胥佛姊妹、屋柏維勒先生與新朋友藥師翁法、法杭先生及馬修船長來玩牌時，牠總會揮翅猛拍玻璃、瘋狂衝撞，吵得大家聽不見彼此聲音。

鸚鵡大概覺得布赫先生的長相很滑稽，每次一見布赫先生就開始笑，使盡全力狂笑，宏亮的啼聲響徹園子，餘音不斷，引來鄰居憑窗探看，跟著笑成一團。爲了不讓鸚鵡看到，布赫先生只得拿帽遮臉，沿著牆面悄悄走到河邊，再從花園門進入，可想而知，他看鳥的眼神根本客氣不起來。

露露曾因伸頭探進肉鋪夥計法布的籃子，被他用手指彈幾下，從此一天到晚找機會，想啄破那傢伙的外衣。法布長了滿臉落腮鬍，臂膀有刺青，雖然威脅過要扭斷露露脖子，但其實他的心腸不壞，相反地，他挺喜歡鸚鵡，還調皮地主動教牠罵人的話。菲莉希黛被這些舉動嚇到，只得把鸚鵡移進廚房，拿下鍊條，讓鳥盤旋著滿屋子飛。

露露下樓時，彎曲的鳥嘴會頂著樓梯，右爪先下，再換左爪，菲莉希黛總擔心這種運動會害牠頭暈。有一次牠生了病，無法說話進食，舌下隆起一塊，母雞有時也會這樣，菲莉希黛於是摳下那層皮，治好了牠。某日，保羅先生不小心從鼻孔朝牠噴了口菸，還有一次羅莫女士拿陽傘逗牠，牠緊咬金屬環不放，最後才以認輸作結。

又有一日，菲莉希黛把牠放在草地上鬆鬆筋骨，才離開一分鐘，回來時，鸚鵡竟然不見了！她顧不得女主人喊道「小心點！你瘋啦！」從灌木叢、河邊、屋頂找起，細查主教橋市所有花園，攔下路人問：「您有看見我的鸚鵡嗎？」若對方不識鸚鵡，她就形容一番。突然，她瞥見磨坊後頭似乎有異，從山腳看過去，有個綠綠的東西在飛，但爬上山坡探尋，什麼也沒有！一名流動攤販說剛才在梅萊納市有看到鸚鵡，就在西蒙大嬸的店鋪裡，她立刻趕去，對方卻一臉莫名其妙。最後，她只好回家，精疲力盡、鞋子破損、心灰意冷，跌坐歐彭女士近旁的長凳上。當她描述去過哪些地方找鸚鵡時，一根羽毛落在她肩上，是露露！該死的東西到底幹什麼去了？或許只是在附近散步罷了！

這事令她心有餘悸，甚至再無法安神。

之後她染上風寒，引發喉疾，不久，耳朵也痛起來，三年後完全聾了，於是講話變得大聲，連懺悔時也不例外。她的大嗓門傳遍教堂每個角落，雖然罪行不至於害其身敗名裂，也不會妨礙他人，神父仍覺得改去聖器室聽她懺悔比較妥當。

耳鳴幻聽總是令她頭昏腦脹、糊里糊塗，女主人經常說：「老天！你怎麼那麼笨！」她竟回：「是的，夫人。」繼續翻找身邊的東西。

她能接收、思考的事情越來越少，聽不見鐘聲、牛叫聲，其他會動的生物也是全部像鬼魂般安靜。如今她唯一聽得到的，只剩鸚鵡鳴啼。

為了讓她心情好些，鸚鵡模仿烤肉叉的喀嗒聲、魚販刺耳的叫賣聲、對面工匠的鋸子聲，門鈴一響，還會學歐彭女士喊：「菲莉希黛！開門！開門！」

他倆會聊天，鸚鵡重複著僅會的三句話，菲莉希黛雖然答非所問，卻全是肺腑之言。孤獨中，露露幾乎等於她的兒子、她的愛人，牠爬上她的手指，輕啄她的嘴唇，緊抓住她的頭巾，她則像保母一樣俯首搖頭，寬大的帽沿及鳥翼同時振動。

每當烏雲密布、雷電交加，或許是憶起出生地森林的暴雨，鸚鵡總會放聲大叫。此時，漫溢的雨水令牠興奮，牠會瘋狂亂飛、衝上天花板、撞翻所有東西、飛出窗外到花園撲水玩，再快速飛進屋，停在爐架上，蹦跳著甩乾羽毛，一會兒翹尾巴，一會兒抬起嘴。

一八三七年某個嚴冬早上，菲莉希黛因爲天氣太冷，將鸚鵡放在壁爐前，結果發現牠死在籠子裡。鸚鵡的頭部垂下，鳥爪卡在鐵條間，死因大概是腦充血，她卻認爲是被沓芹毒死的，而且懷疑是法布幹的好事，儘管她毫無證據。

她哭了好久，哭到女主人對她說：「好了！把牠做成標本吧！」

於是她請教藥師，因爲藥師一直對鸚鵡很好。

他寫信給哈佛港某位專接這類工作的佛拉薛先生，但由於公共馬車偶爾會寄丟包裹，她決定親自送鸚鵡去翁弗勒市。

前往翁弗勒市的路上，盡是葉子掉光的蘋果樹，冰雪覆蓋水溝，田邊野狗吠叫。她把手藏在斗篷裡，踩著黑鞋，提著布包，疾行馬路中間，沿途穿過森林，經過上橡樹區，這些路程也才剛巧抵達聖加提安市。

走到半路，身後突然塵土飛揚，一輛郵車疾馳而來，因爲剛好是下坡，郵車的速度飛快，好似暴風席捲。駕駛見有個女人擋著不讓路，從車篷內探身查看後立刻出聲喊叫，因一時無法使拉車的四匹馬放慢速度，前方兩匹差點撞上女人。駕駛扯動韁繩，硬將馬兒拉到路邊，怒氣沖沖地舉起馬鞭衝去，一鞭朝女人上半身打落，她立刻昏倒在地。

轉醒後，菲莉希黛第一個動作是打開籃子，幸好露露沒事。她忽覺右臉一陣熱辣，雙手紅腫流血。

她坐到一公尺見方的碎石堆上，拿手帕擦臉，吃下預先放入籃子的硬麵包，望著鸚鵡，就覺得傷口沒那麼痛了。

稍晚，她登上艾克莫菲勒鎮高處，只見入夜後的翁弗勒市燈火斑斕，猶如繁星閃爍，遠處海景模糊。她突然覺得好累，於是停下腳步，想起童年悲慘、初戀落空、外甥離世、維吉妮病逝，往事如潮，一下子湧上心頭，喉頭像被什麼堵住，逼得人快窒息。

後來，她如願與佛拉薛先生談上話，沒有透露寄件內容，只叮囑這位船長多加留意。鸚鵡留在那兒很長一段時間，船長老說下禮拜就好，直到六個月後，他表示已經出貨、結案了。菲莉希黛卻認爲露露再也不會回來。「有人偷走我的露露！」她私底下想著。

終於，露露回來了。牠全身上下光彩奪目，站在固定於桃木底座的樹枝上，一隻鳥爪騰空，歪著頭，咬顆堅果，偏好富麗風格的標本師傅還給堅果鍍了金。

菲莉希黛把鸚鵡鎖在房間。

這房間，她很少讓人進去，裡面看似小教堂又像市場，擺滿宗教物品和許多怪東西。房門不太好開，因爲門旁擋著一只大衣櫃，進房迎面是座突出的窗戶，窗外下方即爲花園，可從牛眼窗望見庭院。行軍床一旁的桌上擺著水壺、兩把梳子，缺角的盤子上放了塊藍色肥皂，牆上掛著念珠、勳章、數張聖母像、椰殼做的聖水盤。五斗櫃上覆蓋布巾，彷彿祭壇，擺滿維克多送的貝殼盒子、噴水壺、圓球、習字本、地圖版畫、短靴，掛鏡子用的鐵釘改掛繫著緞帶繩子的小毛帽。菲莉希黛將這種緬懷精神發揮至極，她甚至保留了一套老爺的保皇派禮服！所有歐彭女士不要的舊東西，全被她收進房間，於是五斗櫃邊緣圍著人造花，突出的窗台裡擱著阿圖瓦伯爵的肖像。

她將露露擺上小木板，置於屋內壁爐頂端。每早醒來，見到晨光下的牠，總能憶起過往日子，再渺小的瑣事也歷歷在目，沒有悲傷，滿懷平靜。

菲莉希黛不跟任何人說話了，活得如行屍走肉般，唯有基督聖體聖血節的遊行隊伍能喚醒她。她向鄰居募集火把和草蓆，裝飾街上搭建的臨時祭壇。

上教堂時，她老盯著聖靈像，從中發現鸚鵡的影子。一幅來自埃皮納勒的耶穌受洗版畫更顯兩者雷同，畫中聖靈的紫紅翅膀及翠綠身軀，簡直就是露露。

於是她買下畫作，阿圖瓦伯爵的肖像被換成這幅新畫，如此，她可以同時望見聖靈與露露。在她心裡，兩者已合而爲一，鸚鵡因聖靈之故而神聖，雙目更顯活靈活現，她也更能感知到露露。天父不該選鴿子爲自己發聲，因爲那種鳥不會說話，倒該選露露的祖先才對。菲莉希黛時常望著聖靈祈禱，偶爾也轉身朝向鸚鵡。

她想當修女，歐彭女士勸她打消念頭。

突然發生一件大事：保羅結婚了。

他當過公證人，之後從商，又任職海關、稅務機關，甚至準備進入水利林務局。三十六歲突然受神啓發，聽到神告訴自己：書記處！他一展長才，審計官最終將女兒嫁給他，並答應好好栽培他。

保羅帶妻子回家，他變得一本正經，妻子則批評起主教橋市的習俗，自詡爲公主，言語刺傷菲莉希黛。媳婦走後，歐彭女士鬆了一口氣。

隔週，傳來布赫先生的死訊，他死在下不列塔尼一間旅館裡。自殺的謠傳被證實後，他的正直形象遭到懷疑，歐彭女士細究他留下的帳本，很快發現他的一連串劣行：挪用到期年金、偷賣木材、製作假收據等，他甚至有個私生子，並且「與一名叫朵筑蕾的女人關係親密」。

這些醜惡行徑讓歐彭女士痛心疾首，一八五三年三月，她感到胸痛，舌頭出現一層水氣，水蛭療法也無法緩和疼痛，第九天晚上她嚥氣過世，享壽七十二歲。

她的那頭棕髮，令人誤以爲她沒有那麼老，綁著髮圈的頭髮映襯蒼白臉龐，面孔上的痘瘡痕跡清晰可見。悼念她的朋友不多，因爲她總是高傲自恃，旁人不敢靠近。

菲莉希黛爲她哭泣，通常沒人會爲主人掉淚的。夫人先她而去，她心慌意亂，覺得這種失序顚倒不該出現，太可怕了。

十日後（從貝桑松趕回所需的時間），繼承人突然現身。媳婦翻箱倒櫃、揀選家具、變賣其他東西，才返回書記處。

太太的扶手椅、小圓桌、暖爐、八張桃花木椅全部被清空，牆上原本掛版畫的位置徒留一塊塊泛黃的方形輪廓，兩張小床連床墊一起搬走，壁櫥裡再不見維吉妮的遺物。菲莉希黛走上樓，悲痛莫名。

第二天大門口出現一張告示，藥師在她耳邊大聲說房子要賣了。

她感到天旋地轉，不得不坐下。

她最憂心的是得離開現在的房間，此處多麼適合可憐的露露！她乞求聖靈，眼神悲戚，養成跪在鸚鵡前虔誠禱告的習慣。偶爾，透進天窗的陽光照射鸚鵡的玻璃眼珠，光芒四射，令她心醉神迷。

女主人留給她三百八十法郎的年金，花園有菜供她吃飯，衣服到死前都夠穿，又且爲了省燭火，天一黑她就上床睡覺。

菲莉希黛變得甚少出門，以免看見舊貨攤陳列自家舊家具。自從上回遭打暈摔地，她的腿跛了，體力大不如前，雜貨店倒閉的西蒙大嬸因此每天早晨會來幫忙劈柴汲水。

因爲視力衰退，屋內的百葉窗終年未開。過了好些年，房子租不出去，也賣不掉。

菲莉希黛怕被解雇，所以從不要求修繕房子。屋頂木板變得腐爛，整個冬天，她的長枕是濕的，復活節後，她咳血了。

西蒙大嬸找來醫生，菲莉希黛想知道病因，但重聽太嚴重，只聽見一個詞：「肺炎。」她明白這種病，輕聲道：「啊！跟夫人一樣。」追隨女主人對她而言，是天經地義。

獻祭壇的日子快到了。

第一座祭壇照例搭建於山腳，第二座在郵局前，第三座規劃靠近路中央，但確切地點引起爭論，最後教友們選定歐彭女士的庭院。

胸悶與發燒日益嚴重，菲莉希黛為了無法幫忙準備祭壇感到難過，至少也讓她供點什麼吧！於是她想起鸚鵡，但鄰居覺得不合適，群起反對，倒是神父同意了，她欣喜若狂，拜託神父接受她僅存的遺產：露露。

從星期二到星期六，直到基督聖體聖血節前夕，她咳嗽得越來越頻繁。那晚她皺著臉，嘴唇貼著牙齦，開始嘔吐。隔天清晨，她自覺氣息將盡，於是叫人請來神父。

進行臨終傅油禮時，三名修女陪侍在側，菲莉希黛表示有話跟法布說。

法布穿著祭典禮服來了，哀戚場面令他侷促。

「原諒我，」她使勁伸直手臂，說道：「但我認為是你殺了牠！」

這話什麼意思？像他這樣的人，勤懇正直，竟被疑為凶手！他暴怒吼道：「你們看看，她根本瘋了！」

菲莉希黛不時面朝陰影說話，修女們先行離去，只剩西蒙大嬸一人吃午餐。

過了一會兒，她拿起露露，來到菲莉希黛旁邊。

「來！與牠永別了！」她說。

雖然露露不算屍體，仍逃不過蛆蟲啃咬。牠的一邊翅膀斷了，肚子的填塞物掉出來，但現在菲莉希黛已看不清楚。她吻了鸚鵡額頭，臉頰依偎著牠，最後西蒙大嬸拿走鸚鵡，擺上祭壇。

V

草地傳來夏天的味道，蚊蠅嗡嗡飛舞，太陽底下，溪流閃爍，石頭熱燙。西蒙大嬸進屋後，緩緩入睡。

鐘聲喚醒她，晚禱結束，大家離開教堂。菲莉希黛的神智稍微清醒了，她想起遊行，望著隊伍，好像自己身在其中。

學童、唱詩班和消防員走在人行道上，教堂侍衛配備斧槍，走在馬路中央帶隊，接著是手拿大型十字架的教堂執事、照看學童的老師，以及替小女孩們瞻前顧後的修女，其中三個最可愛、頭髮鬈曲得像小天使的，正朝空中拋扔玫瑰花瓣。執事張開雙臂指揮音樂放慢，兩位輔祭每走一步就轉身朝向聖體，四名教堂委員撐起深紅絲絨帷帳，神父走入將聖體放進華麗祭袍。人群不斷往前，擠入覆蓋白布的屋牆間，最後抵達山腳。

菲莉希黛的鬢角冷汗直流，西蒙大嬸拿手帕替她擦乾，心想人有一天都得走上這條路。窗外人群聲越來越清楚，一陣喧嘩後逐漸遠離。

忽然，槍響震動了窗玻璃，那是馬夫們向聖體光架致敬。菲莉希黛轉動眼珠，費盡全力問：「牠好嗎？」她擔心鸚鵡。

她已進入彌留狀態，越來越急促的喘息造成肋骨疼痛，她渾身發抖，嘴角冒出白泡。沒多久，外頭傳來低音大號的樂聲、孩童清亮的嗓音及低沉的男聲，眾人靜默片刻，腳踩落花，聲音猶如牛羊踩踏草地。

教士現身庭園，西蒙大嬸爬上椅子，挨近牛眼窗，俯瞰底下的祭壇。

祭台上懸掛綠花環，並以布魯塞爾蕾絲裝飾，中間有個木框，框裡放置聖物。角落有兩棵橘子樹，周邊擺滿銀製燭台、陶瓷花瓶，瓶裡綻放向日葵、百合、牡丹、毛地黃和幾束繡球花，鮮豔多彩，從二樓一路延伸至鋪在石地上的長毯。還有許多稀有物品成為焦點，像紫羅蘭花環裝飾的鍍金銀製糖罐、草地上光彩奪目的阿朗松水晶墜飾、兩座繪製風景的中國屏風。露露被玫瑰花束遮住，只露出藍色額頭，像極了一塊青金石板。

教堂委員、唱詩班、孩童們分別排站院子三側，神父緩步踏上台階，將閃閃發光的黃金聖體壓上花邊。群眾跪地，一片肅靜，掛在鍊條上的香爐微晃，煙霧隨之飄揚。

青煙飄入房間，鑽進菲莉希黛的鼻孔，她嗅著，感到一種奇特快感，緩緩閉上眼，唇邊浮現微笑。她的心跳放慢，一次比一次微弱，宛如逐漸枯竭的噴泉、逐漸消散的回音。嚥下最後一口氣時，她望見天空裂開，一隻巨大鸚鵡飛出來，在自己頭上盤旋翺翔。

慈悲修士聖朱利安傳

La Légende de Saint Julien l'Hospitalier

I

朱利安的父母住在森林裡一座山坡上的城堡。

城堡四角蓋有塔樓，尖聳的塔頂鋪蓋鉛板，城牆倚石而立，矗立於護城河上。

庭園的鋪石地板像教堂的石板地一樣乾淨，屋簷裝有長溝，溝尾呈龍口狀，朝下將盛接的雨水傾吐進雨水池。每層樓的窗邊皆有擺放彩漆罐，羅勒或天芥菜的花葉就在罐子裡盛放。

城堡裡，另有一片以木樁圍成的牆籬，裡面先是一座果園，再往內可見排成數字圖樣的花海，接著是綁了幾張搖床乘涼的葡萄藤棚架，以及供侍僕們消遣的槌球場。另一邊有獵犬屋、馬廄、烘培坊、榨油室及穀倉，周圍則是荊棘籬笆環繞的油綠牧場。

天下太平已久，城牆閘門沒有降下過，壕溝裡積滿水，燕子在城垛裂口中築巢。弓箭手整日在幕牆上巡邏，陽光一烈就躲進哨樓，如老僧入定般睡著。

城堡裡到處是五金配件，閃閃發光。房間裡掛上幃幔禦寒，櫥櫃裡衣物滿溢，酒窖裡堆滿好幾噸酒，橡木箱被錢袋的重量壓得劈啪作響。

兵器室裡可見各時期各國的武器，分置於軍旗與野獸頭顱間，舉凡亞瑪力人的投石器、加哈孟特人的標槍、撒拉遜人的短劍、諾曼第人的鎖甲，應有盡有。

廚房有支可轉動一整頭烤牛的大鐵叉，禮拜堂富麗奢華，堪比國王的教堂，較遠處甚至有座羅馬式浴池，但虔誠的城主認爲那代表崇拜偶像的習俗，因而廢棄不用。

城主總是穿著狐皮大衣在家散步、替小領主做主裁決、調停鄰居紛爭。到了冬日，他欣賞雪花飄落，或找人朗讀故事；春季到來，便騎驢漫步小路，在綠油油的麥田旁與農民聊天、出點主意。他的情史頗豐，最後娶了一位名門閨秀。

城主夫人肌膚白皙，略帶傲氣，舉止莊重，頭戴快要撞到門梁的高帽，呢絨裙襬永遠拖地三步長。她把家園當作修道院管理，每早分配工作給僕人，監製果醬、香膏，接著紡織布料或刺繡祭壇桌巾。她殷切禱告，終於求來一個兒子。

城主爲此大肆慶祝，設宴三天四夜，燈火燦爛，豎琴美樂，地上鋪滿綠葉。衆人品嘗綿羊大小的肥美母雞、藏有小塑像的餡餅，並有珍稀香料可供搭配。人潮越聚越多，碗盤不夠，只得拿象牙號角和銅盔裝酒水喝。

剛生完孩子的產婦則臥床安眠，並未參與盛宴。其中一晚，她剛好醒來，月光透窗而入，她發現有個影子在動，是位身穿棕色粗布道袍、腰繫念珠、肩背布包的老人。一副隱士模樣的他，雙唇緊閉，靠近床頭，城主夫人卻眞切聽到：

「恭喜啊，母親！你的兒子將成爲聖人！」

她張口欲喊，只見老人循著月光緩緩升空，隨即消失無蹤。宴會歌舞鼎沸，她卻聽聞天使之聲，重新躺回枕頭，看見床頭上方有一副裝有殉道者遺骨的紅寶石木框。

隔天，她問遍僕人，得到的回覆都說，沒見到什麼隱士。無論幻想或眞實，她想，這應該就是上天的啓示，但她不敢聲張，怕別人批評她猖狂。

清晨，賓客散去，朱利安的父親站在門外，剛送走最後一位客人，霧靄間突然冒出一個乞丐，站在眼前。那是波希米亞人，鬍鬚紮成辮子，兩臂佩戴銀環，雙眸炯炯有神，像被附身般斷斷續續說著：

「啊！啊！你的兒子！血流成河……！榮耀無盡……鴻運一生！帝王之家啊……」

語畢，他彎腰撿起施捨物，消失在草叢裡。

城主左右張望，出聲吆喝，卻不見人影。此時一陣風起，吹散晨霧。

他想大概是這幾日睡眠不足，累得出現幻覺，心想「若說給別人聽，一定會被笑。」雖然旨意不明，他甚至不確定是否眞有聽見，但兒子註定光宗耀祖的預言，著實令他心醉神怡。

夫婦倆各自藏著祕密，但是疼愛孩子的心並無二致。他們把朱利安當作神蹟敬奉，給予無盡關愛，嬰兒床墊塞滿羽絨，上方經常點起鴿子形狀的燈，三名保母哄他入睡。束緊的包巾裡，嬰孩小臉粉嫩、眼眸湛藍，穿戴綢緞外套及鑲有珍珠的綁帶帽，像極了小耶穌，長牙時甚至一次也沒哭過。

七歲時，母親教他唱歌，父親將他放上成馬訓練膽量，結果孩子笑得開懷，很快學會所有與馬術相關的知識。

一位博學多聞的老僧侶負責教他聖經、阿拉伯數字、拉丁文，以及如何在牛皮上繪製可愛圖畫。爲了不受噪音干擾，這些課程全部在塔頂進行。

下課後，師生兩人一起下樓，在花園裡散步，順便學習園藝。

偶爾山谷下會出現成群牲畜馱運重物行走，領隊人是東方打扮，城主一見是生意人，立刻派僕人前去交涉。外地人確定沒問題後改道進入城堡，他被請進會客室，拿出幾箱裝滿絨布、絲綢、銀器、香料及用途不明的奇特玩意，最後離開時，不費吹灰之力就大賺一筆。偶爾也有朝聖團來敲門，他們在壁爐前烘乾濕衣，飽餐一頓後，便會聊起旅途經歷：船隻迷航於驚滔駭浪、徒步走過滾燙沙漠、異教徒的殘暴、敘利亞的洞穴、馬槽及聖墓等，接著從大衣裡拿出貝殼送給少爺。

城主時常宴請昔日袍澤，把酒回憶過往戰事、光榮的傷疤，以及出動大型機具攻打城池的經歷。朱利安在旁傾聽，不時驚呼喝采，讓他父親深信他必成大將。另一方面，每日晚禱結束返家，路見卑屈身子的窮人，男孩也總是從錢包裡掏錢救濟，態度客氣，神情高貴，讓他母親以爲兒子將會成爲大主教。

禮拜堂裡，他的座位就在父母旁邊，不論做彌撒的時間有多長，他一定保持跪在禱告凳上的姿勢，高帽擱地，雙手合十。

某日彌撒中途，他不經意抬頭，瞥見有隻小白鼠鑽出牆洞，老鼠溜上祭台第一階，左右轉兩三圈，最後逃回原處。下個週日，朱利安想到老鼠可能再度光臨，根本無法專心，結果老鼠眞的出現了。他變得彷彿每週日都得顧著等老鼠一樣，心煩氣躁地恨極了，決定除之而後快。

於是他關上門，在台階撒些蛋糕屑，手持棍棒等在洞口旁。

過了許久，一顆粉紅小頭探出洞，整隻老鼠忽地跑出來，朱利安輕敲一棍，小東西就此倒地不動。男孩愣在原地，石板地上沾了一滴血，他連忙用袖子擦掉，再把老鼠丟到外面，沒有跟任何人提起。

花園裡偷吃穀物的鳥類不計其數，他便想出一個主意，在空心的蘆葦桿裡放豌豆，一聽見樹上傳來啁啾聲，就悄悄靠近，舉高蘆葦桿，鼓起腮幫子猛吹。成堆鳥兒被豌豆擊落，紛紛掉落他肩膀，他忍不住大笑，爲自己的妙計樂不可支。

某天早上，他經過護牆時，瞥見牆頂有隻肥鴿在太陽下踏步。他停下腳步盯著牠，那處牆上剛好有道裂口，朱利安揑把碎石，一甩手，碎石擊中目標，站在石塊上的鳥兒被打落溝渠。

他奔向溝底，荊棘劃破衣服也不管，四處搜索的模樣，比獵犬還敏捷。

鴿子翅膀斷裂，掛在冬青樹上抽搐。

這般求生意志激怒了這孩子，他掐住鴿頸，鳥兒痙攣掙扎，令他心跳加劇，野蠻狂烈的快感流竄全身，直到鴿子僵硬了，那最後一聲心跳簡直讓他快暈過去。

當晚用餐時，父親宣布道，以朱利安的年紀來說，他該學習狩獵了，並找來一本手抄舊筆記，所有與狩獵相關的問答全都在裡面。師傅爲他講解筆記所載訓練獵犬、獵鷹與設陷阱的技巧，如何辨識公鹿糞便、狐狸腳印、野狼扒痕的特徵，還有區分野獸蹤跡的祕訣、逼出動物的方法、牠們平常隱匿之處、什麼風向最有利、列舉各種叫聲、將獵物分食獵狗的規則。等朱利安把這些要點全記牢了，他的父親替他組了一隊獵犬。

其中最醒目的是二十四隻北非巴貝里獵兔犬，敏捷勝於瞪羚，然而性情易怒，另外是十七對不列塔尼獵犬，赭紅色毛皮帶白色斑紋，忠心耿耿、胸膛結實、叫聲宏亮。四十隻熊一樣毛茸茸的格林芬犬，負責與野豬交戰、搜尋藏匿處等危險行動。數頭韃靼利亞獒犬，毛色火紅、肩胛寬厚、脛骨筆直，幾乎和驢子齊高，專門追捕體型碩大的原牛。更有毛皮漆黑閃亮如綢緞的西班牙獵犬、吠叫聲堪比盲眼街頭歌手的塔博特獵犬，而在庭院另一頭低吼、扯動鐵鍊、眼珠直轉的是八隻阿蘭犬，這種狗敢放膽撲上騎士肚子，連獅子也不怕。

狗兒們吃小麥麵包、喝石槽裡的水，每隻都取了響亮的名字。

然而獵鷹恐怕比獵犬更講究，城主斥資弄來高加索雄鷹、巴比倫獵隼、日耳曼矛隼，和從寒冷海岸、懸崖與遠地捕捉來的游隼。

獵鷹養在草棚裡，按體型排列拴在木杆上，前方有塊草地，供牠們不時上去活動舒展。

皮囊、魚鉤、陷阱……，各類武器皆製作完成，他們常帶著鵪鶉犬到鄉間打獵，狗兒迅速伏低時，獵人們便一步步往前，在按兵不動的獵犬上方小心拉開大網。一聲令下，群狗狂吠，鵪鶉嚇得亂飛，一旁的貴婦立刻偕同丈夫、孩子、女僕，衆人蜂擁而上，輕而易舉捕獲獵物。有時爲了趕出野兔，他們會擊鼓，曾有狐狸掉進埋設的陷阱，被彈簧夾住的也可能是狼腿。

但朱利安瞧不起這些現成機關，他喜歡騎著馬、帶上獵鷹，到人煙稀少的地方狩獵。他幾乎每次打獵都帶著一頭斯基泰巨鷹，鷹的毛色雪白，頭戴插有羽毛的皮罩，藍色爪子搖晃金色鈴鐺。馬匹奔馳時，獵鷹穩穩佇立主人臂膀，來到一望無際的原野，朱利安解開繫繩，倏地放鷹高飛。猛禽如箭，直衝天際，只見兩個不相稱的小點翻轉交纏，消失高空，不久，獵鷹撕扯住一隻鳥兒朝下飛，鳥兒落入朱利安手套時，雙翅仍在不停顫抖。

朱利安就是這麼獵捕蒼鷺、鳶鳥、烏鴉及禿鷲。

他還喜歡吹著號角，隨獵犬奔下山谷、躍過激流、攀爬入林。當公鹿遭獵犬啃咬呻吟時，他以更快的速度擊倒公鹿，與高采烈地任由凶猛的獒犬撕扯吞食，將依然冒著熱氣的鹿皮撕成碎塊。

起霧的日子裡，他會深入沼澤地，埋伏守候野鵝、野鴨與水獺。

天一亮，三名侍從已在樓下等候，還有老修士倚在天窗朝他揮手。朱利安並未轉頭搭理，他頂著烈日、甘冒驟雨、無畏暴風，渴了捧泉水喝，餓了啃野生蘋果，累了便在橡樹下休息，每天三更半夜才回家，沾泥帶血，髮間卡著荊棘，渾身飄散野獸氣味。

他簡直與野獸無異，當母親擁抱他，他冷淡虛應，總是若有所思。

他拿利刃殺熊、取斧頭砍公牛、以長矛刺野豬，某回撞見一群野狼在絞刑架下啃咬屍體，他甚至只靠木棍對抗。

一個冬日早晨，天還沒亮，他已扛著弓、將一束箭投入鞍袋，整裝出發。他的丹麥馬踏步前行，蹄聲規律，兩條巴吉度獵犬跟在後頭，寒風呼嘯，冰珠黏附大衣。天邊泛起魚肚白，微亮間他發現幾隻野兔在兔窩旁跳躍，巴吉度獵犬立刻撲上去，東奔西跑，頃刻間，那些野兔的脊骨盡數折斷。

不久，朱利安進入森林。枝頭上有隻凍僵的松雞，頭埋進翅膀裡正在睡覺。朱利安用劍背掃過雞爪，雞落地後也不撿起，丟著繼續往前。

三小時後，他登上山巔，地勢極高，天空看上去幾乎是一片黑暗。前方岩石猶如長牆矗立，谷底深不可測，突出的懸崖末端，兩頭公羊正朝深淵探看。他沒帶弓箭（因馬匹留在後頭），於是打算爬下去靠近公羊。他俯身赤腳，溜到第一頭公羊身旁，持匕首刺進羊腹，另一頭受驚，跳進山壁間隙。朱利安追殺過去，但右腳一滑，跌落剛才那頭公羊屍體上，整個人成大字型，面朝深谷。

他順著河岸邊生長的柳樹走回平地，附近野鶴群聚低飛，不時從他頭頂飛過，朱利安揮鞭痛抽，一隻也不放過。

此時氣溫稍暖，雲霧消散，水氣瀰漫。太陽升起，照亮遠方一處結冰的湖水，散發似鉛的光澤。湖心有隻朱利安不認識的動物，那是黑頭海狸，雖然有段距離，仍被朱利安一箭射死，他還爲取不走皮毛感到懊惱。

他走進巨木參天的林蔭小徑，密林入口樹梢盤結，狀似凱旋門。樹叢裡跳出一頭狍鹿、岔路上出現黃鹿、地洞裡鑽出一隻獾、草地可見孔雀開屏，朱利安殺光了這些動物。這時，其他狍鹿、黃鹿、獾、孔雀、烏鴉、松鴉、黃鼠狼、狐狸、刺蝟、山貓，多到數不清的動物全跑出來，圍著他顫抖，眼神充滿悲憐哀求。朱利安還沒殺累，接連拉弓拔箭，彎刀亂刺。他腦中一片空白，記不得經過，就這麼在某個地方不斷獵殺，不知過了多久，恍如置身夢中，唯一確定的只有自己依然活著。

接下來的奇景更令他目不轉睛，許多公鹿湧進競技場般的山谷，彼此推擠，呼出的氣息足以取暖，霧裡飄散熱氣裊裊。

就這麼幾分鐘，屠戮的慾望再現。朱利安興奮到喘不過氣，他立即下馬，捲起袖子，開始放箭。

射出第一支箭的當下，銳利破空之聲使群鹿紛紛回頭，鹿群間突現一個凹洞，傳出的悽慘悲鳴，引起同類不小騷動。

鹿群衝向山壁試圖逃難，然而山谷邊坡高聳，難以躍過。朱利安繼續瞄準、發射，箭如暴雨飛落，發狂的公鹿互相攻擊，憤怒反抗，彼此攀疊，鹿身及鹿角交纏成一座邊移動邊崩塌的大山。

最後，這些鹿都死了，倒在沙地上，口吐白沫、臟器外露，起伏的胸腹逐漸平緩，直至一動也不動。

黑夜將臨，樹林後，枝枒間，那片天空紅得像染血的布。

朱利安背靠樹幹，望著眼前駭人的屠殺現場，目瞪口呆，不解自己如何辦到的。

這時，他瞥見森林另一側的山谷邊，立著三頭鹿，分別是公鹿、母鹿及幼鹿。公鹿毛色漆黑，身型巨大，鹿角長了十六處分枝及白鬚。母鹿毛色如落葉金黃，正在嚼食嫩草。小鹿一身斑點，或跑跑跳跳，或吸吮母奶。

弓箭再度拉響，小鹿登時斃命，母鹿仰天悲鳴，沉痛心碎，彷彿具有人性。此舉激怒朱利安，於是對準其胸發箭，母鹿應聲倒地。

大公鹿見狀，蹬步跳躍，朱利安送上最後一箭，正中公鹿前額。

大公鹿彷彿毫無痛覺，跨過其他動物屍體，直奔向朱利安，一副要撞得他肚破腸流的氣勢。朱利安驚懼莫名，拚命退後，這頭奇獸在他面前停下，眼神炯炯，莊嚴如部落裡的長老、法庭上的判官。遠處鐘聲響起，公鹿開口，連說三次：

「惡人！惡人！惡人！總有一天，這顆殘暴之心將使你殺父弒母！」

說罷膝蓋跪地，緩緩閉目而亡。

朱利安嚇壞了，突然覺得精疲力盡，一陣厭惡及無盡的憂傷襲來。他將雙手覆上前額，摀著臉哭了好久好久。

他的馬匹不知去向，獵狗也拋下他，四周寂靜無聲，他卻覺得危機四伏，害怕得想快點離開。他奔過田野，冒險抄小路走，很快便抵達城堡大門。

當晚，他無法入睡。搖晃的吊燈下，他總覺得又見到那頭大黑鹿的身影，鹿的預言糾纏不放，他掙扎自語：「不！不！不！我不能殺他們！」卻又忍不住想：「萬一我眞有此意呢？」他好怕會被魔鬼勾出這種慾望。

接下來三個月，他的母親憂心忡忡，不停在他床頭禱告，父親常嘆著氣，在長廊來回踱步。這位城主找來許多一流名醫，開了許多種藥，醫生說朱利安的病因是氣血鬱結，或感情方面想不開，但少年面對各種詢問皆搖頭不語。

他慢慢恢復氣力，老修士和城主便攙扶他去庭院散步。

等到完全康復，他再也不願意打獵。

他的父親爲了讓他開心，送了一把撒拉遜寶劍給他。

寶劍放在展示板上，置於柱頂，得靠梯子才拿得到。朱利安爬上去取劍，但是寶劍太重，使得他手滑摔落寶劍，利劍擦過城主身邊，削斷衣袖。朱利安以爲自己殺了父親，當場昏厥。

從此，他見武器就怕，生鐵也能令他臉色發白，家人爲他的怯懦心痛不已。

最後，老修士以神之名，以榮耀與先祖之名，要求他重拾貴族該學習的一切。

侍衛們天天都會丟標槍消遣，朱利安很快就贏過他們，他能將標槍擲入瓶頸、打碎風信雞的齒輪、擊中百步外門上的釘子。

某個起霧的夏夜，放眼望去一片朦朧，朱利安正在葡萄藤架下，瞥見遠處樹梢牆頭兩片白翅拍動，他想一定是鸛鳥，便投出標槍。

一聲慘叫傳來。

是他的母親，她的長羽毛帽被釘在牆上。

朱利安逃出城堡，從此銷聲匿跡。

II

他加入一群路過的散兵。

飽嚐飢渴、病熱與蟲害，他聽慣了兵器錚鏦，看盡了垂死面容，風吹得他皮膚黝黑，四肢被盔甲磨出硬繭。由於他強壯勇敢、自制力強且謹慎小心，輕易就當上隊伍統領。

每次開戰，他總揮舞大劍激勵士兵，趁夜縛上繩索攀爬城牆。他被狂風吹得搖來晃去，希臘火藥的火星黏濺在鐵甲上，垛口灌下滾燙的松脂及熔鉛，磚石砸碎他的盾牌，身下橋梁因擠滿士兵超重坍塌。他揮舞各種兵器，一人解決掉十四個騎兵，比武場上，他擊敗所有挑戰者，其中有二十多次，人們還以爲他死了。

所幸得天庇佑，他總能死裡逃生，因爲他保護教士、孤寡，尤其照顧老者。每遇老人經過，他總會叫來瞧個仔細，好像很怕錯認誤殺。

逃亡的奴隸、造反的農民、一無所有的私生子，各路好漢紛紛投靠他麾下，於是他組織起一支軍隊。

軍隊越來越壯大，他的聲名遠播，各方都想與他結盟。

他相繼援助法國王儲、英國國王、耶路撒冷聖殿騎士團、帕提亞族將領蘇萊納、阿比西尼聖王及卡利居皇帝，對戰過身披魚鱗甲的斯堪地納維亞人、持河馬皮圓盾與騎著紅驢的黑人，以及膚色赤紅、高舉戰刀在頭上揮舞、刀鋒比鏡子光亮的印度人，更擊敗過穴居族和食人族。他走過酷熱之地，烈日下頭髮像火炬般燃燒；行經嚴寒之區，冷到胳臂快凍斷落地。他甚至去過濃霧瀰漫的城市，行走其間，宛如鬼魅環繞。

處境艱難的國家向他請益，他接見使節，爭取到超乎預期的條件，若哪位君主多行不義，則會出奇不意登門警告。他將自由還予人民、釋放囚禁高塔的皇后，打死米蘭蛇龍及奧比巴赫巨龍亦非旁人，正是他親自爲之。

當時，歐希達尼皇帝戰勝西班牙穆斯林，與哥多華哈里發王的妹妹聯姻，生下一個女兒，以基督教教義撫育。然而哈里發王佯裝皈依基督教，帶領人批護衛隊來訪，殺光當地駐軍，將皇帝關進地牢、嚴刑拷打，意圖奪取財寶。

朱利安趕來相救，殲滅叛軍，圍城擒將，處決哈里發王，砍下頭後當球扔下城牆。他將皇帝放出地牢，當眾恭迎皇帝重新登基。

皇帝爲了報恩，送上幾簍銀錢，朱利安推辭了，皇帝以爲他嫌數字太少，打算送他四分之三的財產，卻再次被拒，隨後提議讓出一半國土，朱利安依舊婉謝。皇帝苦惱掉淚，不知該如何表達謝意，突然他一拍額頭，在大臣耳旁吩咐幾句，於是帷幕升起，走出一名妙齡女子。

女子雙眸黑亮，似兩盞柔和明燈，朱唇微啓，笑靨迷人，妝點秀髮的環飾與鑲綴禮服的寶石相互輝映，半敞的禮服搭配若隱若現的薄衫，襯出惹人遐想的青春胴體，恰恰集甜美與嬌嬈於一身。

朱利安向來過著守身如玉的生活，霎時對皇帝的女兒一見傾心，神魂顛倒。

於是他迎娶公主，接受皇后餽贈的城堡，婚宴結束後，彼此做足禮數，新人雙雙離去。

新居是座摩爾式建築[1]的白色大理石宮殿，坐落於岬角上的橘子林內。花壇向下延伸至探得到粉紅貝殼的海灣，城堡後方林區呈扇形開展，天空碧藍如洗，山巒綿延天際，樹林受到山海兩側的輕風吹拂，斜擺搖曳。

宮殿內各室一同沐浴在晨曦暮色之中，映照壁上的鑲嵌裝飾閃耀發亮。支撐圓形拱頂的高聳圓柱細如蘆葦，圓頂則飾以仿鐘乳石的精緻浮雕。

大廳裡設有噴泉，庭院則以馬賽克嵌飾、雕花牆壁加以妝點。建築巧思無限，環境又十分清幽，連衣衫窸窣或呼吸的回音都聽得見。

朱利安再也不用打仗，可以好好休息。當地百姓與世無爭，日日都有人來他跟前，按東方禮儀向他跪拜、親吻他的手。

他身穿紫紅袍子，手倚窗台，憶起從前狩獵往事，他渴望在沙漠追逐蹬羚與鴕鳥、躲在竹林裡窺伺花豹、穿梭犀牛棲息的森林、攀登險峻山巔瞄準老鷹，還有踏著大海浮冰襲擊白熊。

有時在夢中，他發現自己成了天堂裡的亞當，周圍全是野獸，手一伸就能取其性命。又或者夢見登上方舟那日，動物成對依大小排好，從大象、獅子一直排到白鼬、野鴨，他則埋伏山洞暗處，朝群獸投擲標槍。每每命中之時，突然又出現其他動物，他再丟起標槍，似乎永無止境。每回醒來，他的雙眼盡是恐懼。

一些王公朋友邀他打獵，他總是婉拒，以爲如此懲罰自己就能扭轉厄運。因爲他總覺得父母的命運取決於自己是否屠殺動物，但無法與雙親見面令他痛苦，狩獵的慾望更加難以忍受。

妻子爲了讓他開心，找人來表演歌舞雜技。

她陪他散步田野，踏著枯枝落葉，坐臥船邊，望著魚兒在清澈水中悠游。她常往丈夫臉上拋撒花朵，或窩在他的腳邊彈奏三弦琴，雙手搭住他的肩，嬌羞問道：

「怎麼了，親愛的城主？」

1北非阿拉伯民族摩爾人（Moors）的建築形式，特色爲大量使用拱型結構、庭園造景、伊斯蘭磁磚藝術等建築元素。因摩爾人曾於中世紀統治伊比利半島，代表建築散見於西班牙、葡萄牙、非洲西北部國家等處。

他沒回答，有時還忍不住嗚咽，某日，他終於將那駭人念頭和盤托出。

妻子不以爲然，理由無懈可擊：他的父母很可能已經過世，萬一眞的重逢，又該如何湊巧、如何逼不得已，才能讓他做出這等惡事？所以，根本沒道理擔心，他該繼續打獵。

朱利安聽了這話，露出微笑，但仍無法下定決心依從自己的慾望。

八月某個晚上，夫妻倆在房裡，妻子剛躺下，他正跪著禱告，突然聽到狐狸鳴叫，隨後窗下傳來細微腳步聲。他瞥見暗處似有動物形影，這誘惑實在太大，於是他取下箭筒。

妻子似乎很驚訝。

「我是聽你的話才去的！」他說，「天一亮我就回來。」

妻子仍擔心有何意外。

他再三保證後才離去，對妻子前後態度不變頗爲詫異。

過沒多久，僮僕來報，有兩位陌生訪客，聽聞城主不在，立刻改求見城主夫人。

兩人隨即進屋，是一對老夫婦，彎腰駝背，風塵僕僕，粗布裹身，各自拄著拐杖。

他們斗膽表示有朱利安父母的消息。

夫人傾身聆聽。

兩人互使眼色，先問朱利安是否還愛著父母，是否偶爾會提起他們？

「喔！是的！」她回答。

兩老這才放聲說出：「是了！我們就是他的父母！」

因爲太過疲憊，累壞的兩人坐了下來。

但少婦無法肯定丈夫是他們的兒子。

於是老夫婦描述兒子身上特有的胎記當作證據。

她跳下床，喚來僮僕，給他們送上餐食。

他們餓極了，卻一點也吃不下。她在一旁見到兩人拿酒杯的手瘦骨嶙峋，不住顫抖。

他們問了好多有關朱利安的問題，她悉數答覆，卻刻意隱瞞關於兩人的不祥意念。

當年的城主夫婦一直不見朱利安返家，於是離開城堡，流浪多年，循著籠統的線索找人，從未放棄希望。過橋、住宿、遭人搶劫、給王公貴族繳稅，他們用掉很多錢，最後錢袋空了，如今只能乞討維生，但既然快要能擁兒入懷，又有何妨？兩老稱讚兒子運氣好，娶得美嬌娘，卻完全沒有隨意注視或親吻媳婦。

屋內的奢華令他們驚豔，老先生注意到牆上掛放歐希達尼皇帝的徽章，便詢問緣由。

少婦回答：「那是我父親！」

老先生聽了，憶起波西米亞人的預言，不由得顫抖，老太太也想起隱士之語。顯然兒子那千秋萬世的榮耀，才剛開始罷了，二老在桌前燭光下張口結舌。

兩位老人家年輕時必定十分俊美，老母親頭髮依舊濃密，紮著細髮帶，如雪片般垂落雙頰邊；而身材高大、留著一大把白鬍子的老父親，凜然的神態堪比教堂雕像。

朱利安的妻子勸他們別再等候，關上窗戶，服侍他們睡自己的床。兩人沉沉入睡，天快亮了，彩繪玻璃窗外傳來鳥兒啼叫。

朱利安穿過花園，小心翼翼走進樹林，柔軟草地及清新空氣令他心曠神怡。青苔上樹影倒映，偶爾見著月光灑落林地的白點，使他遲疑不前，以爲遇到水坑，或染上青草色澤的平靜水塘。萬籟俱寂，他沒有找到任何幾分鐘前在城堡外晃蕩的動物。

樹林越來越茂密，加劇四周黑暗，陣陣熱風襲來，帶來醉人香氣。他踩進枯葉堆，靠著橡樹喘口氣。

突然，身後冒出一團黑影，是頭野豬。朱利安來不及取弓，頗爲懊惱。之後他離開樹林，撞見一頭狼走在樹籬旁。

朱利安立刻送上一箭，狼停下腳步，轉頭看他，又繼續向前。牠小步跑著，一直保持等距，有時稍停，見朱利安要射牠，再度逃跑。

朱利安就這麼在無垠的原野奔跑，追上沙丘，來到一處空曠高地。那兒有幾座廢棄墓穴，周圍遍布許多扁石，骨骸絆腳，隨處插著遭到嚴重蛀蝕的十字架，景象甚爲淒慘。墓穴暗處許多影子晃動，忽然冒出一群鬣狗，驚慌失措、氣喘吁吁，腳爪攀住的石板喀啦作響。牠們擁上前嗅聞，咧嘴露出牙齦，朱利安一拔刀，鬣狗便四散逃開，牠們跌跌撞撞地狂奔，揚起塵煙，消失在遠方。

一小時後，他在溪谷遇見一頭凶猛公牛，牛角向前，足蹄不停刨磨沙地。朱利安舉起長矛往公牛頭下射去，矛斷了，公牛像銅鐵般強壯，他閉眼等死，等他張開眼睛，公牛卻失去蹤影。

他羞愧沮喪，某種至高能力摧毀他的力量，於是他走回樹林，打算回家。

森林裡藤蔓盤結，他拿刀砍斷，一隻貂突然在他雙腿間奔竄，一隻花豹越過他肩頭，還有隻蛇盤繞白蠟樹爬行。一隻長相怪異的寒鴉佇立白蠟樹叢中，緊盯朱利安，四周茂密枝葉間冒出無數大光點，野貓、松鼠、貓頭鷹、鸚鵡、猴子，那些全是動物眼睛，此時看來，彷彿滿天星斗紛落林間。

朱利安朝牠們射箭，飾以羽毛的箭矢卻如白蝶停落葉面般無力。他改丟石頭，同樣什麼也沒擊中就墜地，他感到憤怒氣結，叫囂咒罵起來，一心只想戰鬥。

他追獵過的動物全出現了，將他密實包圍，有些坐著，有些直挺挺地站著。被困住的朱利安嚇得渾身僵直，無法動彈，良久才總算鼓起勇氣，用盡全身氣力跨出一步。樹上的飛禽立刻展翅，地上的走獸也移動身體，小步亦趨與他前行。

鬣狗走在他前面，狼及野豬跟在後方，公牛在右邊搖頭晃腦，左邊則有長蛇滑行草間，還有拱起背的花豹，腳掌肉墊裡藏著利爪，大步前進。朱利安盡量放慢速度，以免激怒群獸，卻見灌木叢深處又鑽出豪豬、狐狸、蝮蛇、豺及熊。

朱利安拔腿狂奔，動物們緊追在後。蛇嘶嘶作響，發臭的野獸口吐唾沫，野豬用獠牙摩蹭他的腳跟，他的手掌觸到狼嘴邊的毛，猴群齜牙咧嘴地抓扯他，貂在腿上鑽竄，熊一掌拍翻他的帽子，花豹更蠻不在乎地吐掉銜著的箭。

種種不懷好意之舉盡是嘲諷。

動物們斜眼瞧他，似乎策劃好了復仇大計，蟲鳴震耳欲聾，鳥禽甩尾打他。野獸的氣息讓朱利安喘不過氣，他閉上眼，像盲人般伸手摸索前進，連求饒的力氣都消逝無蹤。

突然，一隻公雞鳴啼響徹雲霄，群雞跟著附和。天亮了，他認出橘子園後的宮殿屋頂。

隨後，他看到田野邊，約三步之遙的茅草堆裡，飛著許多紅山鶉。他解開大衣鈕釦當網子，想要獵捕牠們，等掀開大衣後，卻只抓到一隻，死亡多時，早已腐爛。

與其他失望相比，這回徹底激怒他了。殺戮的渴望再度被挑起，沒動物可殺，殺人也無妨。

他爬上三層露台，一拳擊破大門，但上樓前，他想起愛妻，情緒平緩許多。她應該還睡著，他突然想去看看她，於是他脫掉鞋子，輕輕轉開門鎖進房。

彩繪玻璃的鉛製窗框擋住晨光，屋內仍然昏暗，朱利安一腳踩進地上衣物，走了沒幾步，又撞到放碗碟的餐盤。「大概吃了東西才睡。」他自忖，繼續朝床鋪走去，床在房內最暗的角落，他來到床邊想親吻妻子，彎腰靠近枕頭時，卻發現兩顆挨著睡的頭，而且嘴唇碰到的似乎是鬍子。

他往後退，以為自己瘋了，重回床邊，伸手摸到長髮。為了說服自己弄錯，他慢慢地又摸向枕頭，這回確定是鬍子，是男人！有個男人睡在妻子旁邊！

他勃然大怒，拔出匕首撲上猛刺，頓足、吐唾沫、發出野獸般的怒吼。後來，他終於停手，死者甚至來不及動就被刺穿心臟，他凝神細聽兩人同聲喘息，聲息逐漸轉弱，遠處又傳來喘氣聲，哀戚悠長，起初聽不清楚，接著越來越近、越來越大聲，音調變得冷酷，令人不寒而慄。他認出此聲，不由得驚恐莫名，是那頭黑色大公鹿的嘶鳴。

當他轉身，望見妻子手持燭台出現門邊時，還以為那是幽靈。

她被殺人的聲響引來，朝屋內一望，立刻明白發生什麼事，嚇得丟下燭台逃離。

朱利安撿起燭台。

躺在眼前的是他的父母，胸前留著傷口，面容莊嚴安詳，好似藏著什麼永恆祕密。蒼白的皮膚滿布血痕，鮮血成灘，濺汙了床單、地板、懸掛耶穌受難像的壁龕。彩繪玻璃反射猩紅，陽光透進，照亮這些赤色斑點，又映射得整屋血跡斑斑。朱利安靠近死者，試著告訴自己不可能，是他弄錯了，難免有人相像到不可思議。最後，他微微彎身，貼近老人細看，對方雙目半闔，那無光的眼眸，如烈焰燒灼朱利安。他再到床的另一側，那裡躺著另一具屍體，白髮遮住部分臉孔。

朱利安將手指探進髮帶，扶起死者的頭，放在自己僵硬的臂膀上，另一手舉起燭火照明。床鋪滲著血，一滴一滴落下地板。

白晝將盡，他來到妻子面前，像變了個人似地講話。他先要求妻子別回應自己，不要靠近、甚至不要看他，再請她聽令行事，不可違逆，否則就會下地獄。

他在死者房裡的禱告凳上留下字條，葬禮全按字條指示辦理。他放棄宮殿、臣僕、全部財產，人們在台階上發現他留下的衣物、鞋履。

而在上帝旨意牽領下，引得丈夫犯下大罪的妻子，只能爲他的靈魂祈禱，因爲他再也不會回來。

人們在距離城堡三天路程遠的修道院厚葬死者，一名僧侶拉低帽沿，全身裹在隱士袍裡，遠遠跟隨送葬隊伍，沒人敢同他交談。

他全程參與彌撒，匍匐在院門口，雙手合十，俯首塵土間。

死者下葬後，人們見他朝山裡去，他回首數次，最終消失了身影。

III

他走了，倚靠行乞爲生。

他向路上的騎士伸手、朝莊稼漢下跪，或等在宅院柵門前乞食。他的神情格外愁苦，所以從未遭人拒絕施捨。

然而，當他卑屈著敘述自己的故事時，聽者無不手劃十字走避。凡他逗留的村子，村民一旦認出他，立刻關門喝斥，丟他石頭；比較慈悲的人則將飯碗放在窗台，然後拉下遮雨板，不願見到這個人。

他四處招嫌，只得躲開人群，吃樹根、草葉、熟成落地的果實及沙灘撿來的貝殼。

有時彎過山坡，即可見到山下櫛比鱗次的屋宇、石塔、橋梁、城樓，交錯的暗街，喧囂嘈雜不停傳進耳裡。他還是有需要下山進城與人打交道的時候，但世人粗魯的態度、市井攤販的議論及無情的言語令他心灰意冷。每逢佳節，一早教堂鐘響，大家歡欣鼓舞，他就能見居民出門上廣場跳舞，路口有好幾座啤酒噴泉，王公貴族的宅前絲綢帷幔飄揚。入夜後，從一樓玻璃窗望去，家家戶戶圍著長桌聚餐，祖父母將孫子抱坐膝前，此情此景，往往令他泣不成聲，轉身重返山野。

每每凝望草地上的幼馬、巢裡的小鳥、花間的昆蟲，他總是感到悸動，但只要他一靠近，動物全部跑得老遠，驚慌躲避，振翅疾飛。

他想過孤獨老死，但耳邊風聲恍如性命垂危者死前嘶啞的喉音，滴落泥地的玫瑰漿液令他憶起加倍沉重的血滴。每個黃昏，夕陽將雲染得血紅，弒親畫面夜夜入夢，不曾消停。

他自製一條鐵鉤苦修帶，凡山頂蓋有禮拜堂的，他必跪爬上山參拜。逼人的回憶，卻使神龕光輝黯淡，藉由苦行贖罪不斷折磨他。

他不埋怨上帝加諸的一切，只爲犯下的過錯悔恨與絕望。

他對自己深惡痛絕，亟欲解脫，於是選擇以身犯險，踏進火場救出行動不便者，或涉入深潭救回跌落水中的孩子，然而深淵將他拋回，火焰不肯欺身。

痛苦並未隨著時間流逝而減輕，反而變本加厲，他決定一死了之。

某日，他站在噴泉池旁，彎腰探查水深。水面出現一位老人，骨瘦如柴、鬚髮斑白、神色哀戚，惹得他忍不住掉淚，老人竟也哭起來。朱利安沒意識到那是自己倒影，只依稀想起另一張相似的面孔，接著，他倏地驚呼，那是父親。

從此，他不再考慮自殺，背負起回憶的重擔，跋山涉水，浪跡各國。後來他走到一處河邊，水流湍急，河岸堆積大片淤泥，渡河凶險，已經很久無人敢擅越。

朱利安看見有艘小船擱淺，船尾陷入泥沙，船首翹出蘆葦叢。他上前檢查，找到一對槳，內心突然興起以此殘生助人的念頭。

他先沿岸搭建河堤，以便向下通往河道，又抱起巨石，靠胸腹頂著，一塊塊徒手搬運。過程中他經常弄斷指甲，或滑陷淤泥，好幾次差點喪命。

他利用其他船隻的殘骸修復小船，又用泥土、樹幹蓋起一間小屋。

水路通行的消息傳開了，乘客紛至，只要在對岸叫喚揮旗，朱利安就會急忙跳上小船接人。小船裝上各種行李、包袱，負載沉重，還沒算上受驚踢腿的動物，船艙就已擁擠不堪。由於他不收船資，有些人會從行囊裡拿些殘羹剩飯或不穿的破舊衣物給他，遇到粗人謾罵，朱利安便好言相勸，被罵得更凶時，他仍一心祝福對方。

一張小桌子、板凳、枯葉鋪成的床及三只陶杯，就是他的全部家具。牆壁挖了兩個洞當窗戶，屋後是一望無際的荒原，灰白水坑遍布，屋前則是綠波洶湧的大河。春日裡，潮濕的泥地腐味四溢，強風捲起沙石亂竄，塵土無孔不入，使得屋內清水汙濁，嘴裡也咬得塵粒喀啦作響，加上成群蚊蟲嗡嗡來襲，日夜叮咬，溫度更是不時驟降，把東西凍得石塊那麼硬，令人想瘋了肉味。

數月過去，朱利安沒見到半個人影，便經常閉眼回憶，竭力返回年少時期。他的腦海中浮現城堡庭園，階梯上有獵犬，武器室有幾名僕從，葡萄藤廊下，有位金髮少年，身旁兩側是穿著皮裘的老人及頭戴高帽的貴婦。突然，兩具屍體出現眼前，他仰躺在床，反覆哭喊：「啊！可憐的父親！可憐的母親！可憐的母親！」然後陷入昏睡，悲慘的夢境始終未歇。

某晚他在睡夢中，依稀聽見有人叫喚，他豎起耳朵，卻只聞浪濤汩汩聲音再度傳來。

「朱利安！」

那聲音來自對岸，朱利安望著遼闊的河面，覺得有些奇怪。

那聲音喊了他第三次：「朱利安！」

音調高亢，猶如教堂鐘聲。

他點燃燭火，走出小屋。夜裡狂風怒號，洶湧白浪頻頻劃破漆黑夜幕。

朱利安遲疑片刻，終於解開纜繩，河水突然平靜無波。他放下小船滑行水面，直抵對岸，一名男子正在那裡等候。

此人衣衫襤褸，面色像石膏面具般灰白，雙眼竟比炭火還紅。朱利安提燈靠近，發現對方的皮膚布滿醜陋的痲瘋斑痕，臉上卻儼然擁有帝王般的威儀氣度。

他一上船，船身猛然下沉，受重吃水甚深，一番擺晃後才安然浮起，朱利安於是划起槳來。

每划一下，浪頭便將船頭舉起，比墨色更黑的河水奔流船舷兩側，時而擠出漩渦，時而堆成浪峰，小船被拋得老高，又跌落深水，隨風打轉搖晃。

爲了使出更多力氣，朱利安拱身張臂，站定腳跟，扭腰往後挺。但冰雹擊中他的手，雨水滾落背脊，強風逼得他呼吸困難。他被迫停下，船隻頓時失控，爲此他又開始划槳，因爲他明白這很重要，非如此不可！槳板劈啪作響，取代暴風呼嘯而過的聲音。

面前的小燭火搖曳閃爍，鳥兒不時飛來擋住視線，朱利安總能瞥見痲瘋病人的雙眸。對方站在船尾，不動如山，宛如柱石，就這樣過了許久，何其漫長！

兩人終於抵達小屋，朱利安才關好門，轉眼見那人已坐上木凳。他那遮蔽身軀的破布滑至腰臀，雙肩、胸膛、細瘦的手臂布滿鱗狀皰疹，幾道駭人的斑紋深深刻在前額，鼻子處還像骷髏般破個窟窿，發青的雙唇呼出白氣，散發濃濃惡臭。

「好餓！」他說。

朱利安遞上自己僅有的一小塊豬肉及黑麵包皮。

他剛吃完，桌子、碗盤、刀柄全沾著他身上的疹屑。

他再度開口：「好渴！」朱利安找出水壺，一拿起卻發現壺中芳香滿溢，舒心撲鼻。是酒，太離奇了！但痲瘋病人伸手取來，一仰而盡。

他接著說：「好冷！」

朱利安拿出蠟燭，在屋子中央點燃大綑蕨草生火。

癩瘋病人湊近取暖，他蹲在地上，虛弱不堪地全身發抖，雙眼無神、爛瘡流膿。他氣若游絲，低喃：「你的床！」

朱利安小心扶起他，慢慢走到床邊，協助他躺下，又替他蓋上船帆。

癩瘋病人呻吟著，嘴角可見牙齒露出，他急急喘氣，胸膛起伏劇烈，每次呼吸，腹部就陷入脊骨。

後來，他閉上眼睛。

「我的骨頭像冰鑽進去一樣冷！快偎著我！」

朱利安掀開帆布，挨著他躺上枯葉床。

癩瘋病人轉過頭。

「脫掉衣服，用你的體溫替我暖身！」

朱利安脫去衣物後躺回床，赤裸一如初生之時。他感覺癩瘋病人緊貼自己大腿的皮膚，冰涼猶勝蛇皮，粗糙堪比銼刀。

他竭力讓對方打起精神，但那人只顧喘著粗氣回應：

「啊！我快死了！靠近點，讓我暖和！不！不只手！要整個身體！」

朱利安整個人趴上去，嘴對著嘴，胸貼著胸。

痲瘋病人抱住他，雙眼突然發亮，如星光閃耀，頭髮驀地變長，如陽光萬丈。他從鼻孔裡呼出淡雅的玫瑰香氣，火堆揚起陣陣薰香，屋外波浪聲婉轉動人。此刻，滿溢的喜樂及無比愉悅如洪水灌入朱利安昏沉的靈魂，那人緊摟住他，身軀不斷變大，頭足頂至兩側屋牆，屋頂掀飛，揭出蒼穹萬里。朱利安升向蔚藍，耶穌基督就在眼前，引領他上天。

這就是慈悲修士聖朱利安的故事，在我家鄉教堂的彩繪玻璃窗上，大概能尋得這樣一段傳說。

希羅底

Hérodias

I

馬卡魯斯堡矗立於死海東方一座錐形玄武岩峰頂，四面環谷，兩側、對面及更遠處皆是深壑，屋舍緊挨城牆而建，因地勢顯得參差起伏。城垣高低錯落，從城鎮穿過一道蜿蜒山壁的小徑，即可通往堡壘。堡壘城牆高達一百二十肘，設有無數銃眼與城垛，塔樓遍布，如花飾妝點的石冠，懸於深谷之上。

牆內的宮殿搭建有廊柱，頂層露台被無花果木欄杆圍繞，還有許多支撐篷布的竿子設置其上。

某個清晨，天色未明之時，分封侯希律．安提帕斯[1]來此，憑欄眺望。

眼前山巒綿延，山稜線清晰可見，谷底群山猶暗，雲霧繚繞漸散，死海輪廓因此浮現。朝陽從馬卡魯斯堡後方升起，紅光普照，登時照亮海灘、山崗、沙漠，斜映出更遠處崎嶇灰黑的猶大山。群山中央的隱基底綠洲如一道黑線刻落，地勢低陷的希伯倫城圈出一頂圓穹，以實各谷滿植石榴樹，梭烈谷內葡萄樹茂密，基色城中芝麻園遍布，巨大方正的安東尼塔樓俯視耶路撒冷。分封侯視線轉往右方耶利哥城的棕櫚樹林，分神想著領地加利利上的其他城市：迦百農、隱多耳、拿撒勒，以及他可能再也回不去的提比里亞。約旦河流經乾枯的原野，白茫茫一片，如皚皚冰雪炫目，此刻的提比里亞湖彷彿青石般湛藍。安提帕斯朝湖水南隅葉門的方向望去，看見他最害怕面對的景象：棕色帳篷遍布，手執長矛的人在馬匹間巡走，尚未熄透的營火如星光點點，閃爍於曠野之間，那是阿拉伯王的軍隊。

他休掉阿拉伯王的女兒，改娶希羅底[2]，此女前夫則是腓力，他那定居義大利，且無意爭權的哥哥。

安提帕斯正在等候羅馬援兵：敘利亞統領盧修斯・維提留斯，對方卻遲遲不來，令他心急如焚。

姪子亞基帕[3]想必在羅馬皇帝座前詆毀了他。

他的三哥腓力是巴坦君主，已經祕密武裝起軍隊。猶太人對安提帕斯膜拜偶像的信仰

1希律・安提帕斯（Herod Antipas），羅馬帝國在西元一世紀時的猶太地區統治者，統治加利利（Galilee）與比利亞（Perea）兩地。《新約》中稱他爲「分封的王希律」，但其地位並非一國之王，而是羅馬附庸國的統治者。

2希羅底（Herodias），大希律王的孫女，先後嫁給腓力（Herod Philip I）與希律・安提帕斯，兩人與希羅底的父親爲異母兄弟，在系譜上均爲希羅底的叔父。

3亞基帕，又稱希律・亞基帕一世（Herod Agrippa I），大希律王的孫子，希羅底的嫡親兄長。西元四十一至四十四年爲猶地亞（Judea）國王，也是希律王朝末代國王亞基帕二世的父親。

再難苟同，其他民族也不服他的統治，所以他擬出綏撫阿拉伯人或結盟帕提亞族[4]兩種計畫，至於選用何者仍考慮中。他先以慶生爲由，在自己生日當天，邀請軍團將領、農村地主與加利利各首長參加盛宴。

他的眼神銳利，掃視每條街道，卻只瞧見空無一人。老鷹在他頭上盤旋，城牆上的士兵倚牆而眠，整座城堡靜悄悄的。

突然，遠遠傳來人聲，好似來自地底深處。安提帕斯臉色發白，彎身傾聽，聲音卻消失了，接著才又傳出，他於是擊掌呼喊：「馬奈伊！馬奈伊！」

一名男子前來，上身赤裸，腰繫長帶，像極了浴場的按摩師。此人高大、年老、瘦骨嶙峋，大腿掛著一把銅鞘彎刀，梳起的頭髮顯得前額被拉長，眼眸因睡眠不足黯淡無光，牙齒卻白亮得很。他的腳趾輕踏石地，身段如猿猴靈敏，面無表情，猶如木乃伊。

「他在哪兒？」安提帕斯問。

「那兒！一直在那兒。」馬奈伊回答道，用拇指指向後方。

「我好像聽見他的聲音了！」

安提帕斯長呼一口氣，詢問起尤卡納的情況，那個拉丁名喚施洗約翰[5]的人。他想知道先前受特許進入尤卡納牢房探視的那兩個傢伙，後來是否有人再見到他們，或者他們的目的是什麼？

馬奈伊回應：「他們像夜裡徘徊十字路口的竊賊那樣，交換了幾句密語，兩人便前往上加利利，宣稱將帶來天大的消息。」

安提帕斯低下頭，滿臉驚懼：「關好他！關好他！不准放任何人進去！鎖緊牢門！給我藏得密密實實的！最好教人以為他死了！」

還沒下這些命令前，馬奈伊已經先一步行動了。因為尤卡納是猶太人，馬奈伊同所有撒馬利亞人[6]一樣討厭猶太人。

撒馬利亞人在基利心山的聖殿，原是摩西指定的以色列中心，但在伊康王[7]統治後已遭摧毀。如今耶路撒冷那座聖殿只讓他們備感屈辱，深覺公義不再。馬奈伊曾潛入聖殿，拿死人骨頭玷汙祭壇，他的同夥跑慢了點，全被砍頭。

馬奈伊望著位於兩座丘陵間的聖殿，陽光映照白色大理石牆，金瓦屋頂閃耀燦爛，彷

4帕提亞族（Parthians），即帕提亞帝國，又稱安息帝國。存在於西元前三至西元三世紀，古波斯地區的一個王朝，疆域約以今日的伊朗為中心向周圍擴張。

5尤卡納（Iaokanann）為施洗約翰（John the Baptist）的希伯來名。

6撒馬利亞人（Samaritans），據《舊約．列王記下》記載，撒馬利亞原為地名，該民族是遷移進此地的亞述人與留守的以色列人所生的後裔，在歷史上向來被猶太人瞧不起。

7伊康王（John Hyrcanus I），西元前二世紀統治耶路撒冷一帶，猶大地的哈希芒王朝（Hasmonean）的國王，因教義歧見之故，摧毀過撒馬利亞人的聖殿。

佛一座發光的山岳，超然脫俗，其富麗堂皇及聳峭嶙峋，無與倫比。

他朝錫安方向伸出雙臂，挺直身軀，臉向後仰，雙拳緊握，施起詛咒。他深信這些咒語靈驗有效，安提帕斯聽在耳裡，表情並無不悅。

馬奈伊這時又說：「他有時焦躁不安，打算逃跑，或冀望被釋放，有時又像生病的野獸般安靜。我見過他在黑暗中踱步，反覆地說：『有什麼關係？爲求他強大，我該遭貶抑。』」

安提帕斯及馬奈伊四目相接，這位分封侯已經疲倦得無法思考。

環繞周身的崇山峻嶺，如層層石化的巨浪，懸崖側邊的漆黑深坑、浩瀚藍天、白晝熾光、無底幽谷皆令人煩心。沙漠景象意謂毀壞殆盡、國土動盪，是圓形劇場及宮殿遭到摧毀的象徵，這一切都令分封侯感到焦頭爛額。熱風吹來的硫磺味，猶如受詛咒之城散發的氣息，如今那些城鎮早已隱沒深淵。一想到那些神祇發怒留下的印記，他不禁惶恐，於是雙肘倚靠欄杆，目光呆滯地按壓太陽穴。這時有人碰他一下，他轉過身，是希羅底。

她裹著長及鞋履的紫袍，走出房間時因過於匆忙，並未佩戴項鍊及耳環，黑色髮辮垂落臂膀，髮尾陷進乳溝。她的鼻孔大大抽動，勝利的喜悅令她容光煥發，她搖著安提帕斯大聲說：「凱薩愛我們！亞基帕入獄了！」

「誰告訴你的？」

「我就是知道！」她這麼回答，「因爲他想得到該猶斯[8]的帝國！這人靠我倆施恩過活，也像我們一樣渴求王的名號，但接下來他麻煩大了！想打開提庇留皇帝[9]的牢房難如登天！有時究竟是生是死都無法確定！」

安提帕斯了解她的意思，雖然她是亞基帕的妹妹，但爲達目的不擇手段在他看來很合理。這類謀殺，步步算計，水到渠成，是皇室的宿命，在希律家更是不勝枚舉。

希羅底細述起自己的手法：買通線人、偷拆信件、在每扇門邊安排間諜，以及如何誘使車夫歐迪樹向該猶斯告密。

「不計代價！爲了你，我做的還不夠多嗎？甚至連女兒也丟下！」

她離婚後將孩子留在羅馬，滿心期待與分封侯生兒育女。不過她從不提此事，安提帕斯不禁揣測她突然母性大發的原因。

篷布已遣人撐起，大軟墊也很快搬來，供夫妻倆坐靠。希羅底倒臥靠墊，背對安提帕斯哭泣，不久後擦擦眼淚，說她不再想了，她覺得自己很幸福。她又提起兩人在中庭聊天、

8該猶斯（Gaius），亞基帕的密友，羅馬帝國第三任皇帝，後世史學家又稱其爲卡利古拉（Caligula）。

9提庇留（Tiberius），當時的羅馬皇帝，又譯提貝理烏斯，羅馬帝國第二任皇帝。因奪權之故，收養該猶斯的父親，因此是該猶斯名義上的祖父。

在浴場相遇、沿著聖道散步，以及在夜晚的偌大別墅裡，聆聽泉聲呢喃，相伴鮮花拱門之下，同賞羅馬鄉野風光的回憶。她像當時那般望著他，依偎其胸膛挑逗撫摸，他推開她，她試圖重燃的愛火如今已太過遙遠！況且分封侯的一連串苦難便是由此而起，戰事連綿，轉眼已過十二年！戰爭催老了分封侯，他的頭髮鬍鬚花白糾結，鑲紫邊的深色長袍底下，是垂駝的雙肩。陽光穿過帷幕，照亮他憂鬱的前額，希羅底額上也生了皺紋，兩人就這麼面對面，惡狠狠地打量對方。

山路出現人潮，有擊趕牛群的牧人、牽驢的孩童、領馬前行的馬伕、從馬卡魯斯堡另一側高地下山的人。他們的身影沒入城堡後方，另一些人翻越對面隘谷來到城鎮，在中庭卸下行李。來者有的替分封侯送來物資補給，有的則是賓客的僕從，提早趕來探路的。

唯獨露台底下左方，出現一位埃塞尼人[10]，身著白袍、赤足而行，一副斯多噶派信徒模樣。馬奈伊見狀，拔出彎刀，從右邊奔去。

希羅底對他喊：「殺了他！」

「等一下！」分封侯開口。

馬奈伊立定不動，來者也停住了。

兩人走不同樓梯退下，卻仍緊盯對方不放。

「我認得此人！」希羅底表示：「他叫法努耶，正想方設法見尤卡納，你竟隨隨便便放過他！」

安提帕斯辯稱有一天或許還用得到他，畢竟埃塞尼人會攻擊耶路撒冷，這倒替他們贏來部分猶太人的支持。

「不！」她反駁：「這些人可以效忠任何主子，決不可能建國興邦！至於那個拿當年猶太信徒尼希米[11]散布的教義蠱惑人心的傢伙，最好的策略就是除掉他！」

分封侯卻覺得這沒什麼好急的，尤卡納是危險人物？得啦！他乾笑幾聲。

「閉嘴！」希羅底複述起那日前往加拉德城採集香草受到的屈辱，「那天，河邊有人在穿衣，不遠處的小丘上，一名男子在講話。他的腰間圍一條駱駝皮，面容如猛獅，一發現我，立刻對我吐出所有先知的詛咒！瞋目咆哮，高舉雙臂，活像準備召喚雷電，我根本無路可逃！馬車輪軸又陷進沙堆，我只能用大衣遮臉，慢慢步行離開。這些辱罵猶如暴雨傾注，我的血液都要凍結了！」

尤卡納想逼死她！因此他被五花大綁地抓起來，一旦反抗，士兵就能名正言順刺死

10 埃塞尼人（Essenes），古時猶太教派的一支，活躍於西元前二世紀到西元一世紀，強調禁慾主義、安貧樂道、每日清潔。

11 尼希米（Nehemiah），此爲基督新教漢譯，天主教漢譯乃赫米雅，是《舊約．尼希米記》的中心人物。

他。沒想到他非常聽話，後來又將許多蛇丟進他牢房，蛇竟然死光了。

詭計接連失敗惹怒了希羅底，話說回來，他爲何與她作對？有什麼好處嗎？他在公衆面前大呼小叫的那些話，一傳十，十傳百，走到哪兒聽到哪兒，惡言滿天飛！她面對千軍萬馬尙無所懼，但這股無形的力量，比刀槍更凶險，著實嚇人。她在露台上來回踱步，氣得臉色發白，找不出話形容這種窒息感。

她甚至擔心起分封侯可能不敵輿論，起了休妻念頭，那就全完了！她從小懷抱統御盛世帝國的夢想，爲達目的，她拋棄第一任丈夫改嫁此人，她覺得被騙了，因此出言諷刺：「嫁進你家，還眞是個好依靠！」

「我家正好也是你家喔？」分封侯直言。

希羅底感到自己那祭司、帝王祖先的血液正在血管裡沸騰。

「你的祖父只是阿斯卡隆廟裡掃地的！其他的也不過是牧人、竊賊、商隊嚮導，一群從大衛王時代就臣服猶大國的烏合之衆！我這邊的祖先可是完全打敗你的！你們不但被馬卡庇國王[12]趕出希伯來，又被伊康王強迫行割禮！」她流露出貴族對平民的輕蔑，以及雅各對以東的那種憎恨[13]，大罵分封侯對侮辱無動於衷、對背叛他的法利賽人[14]退讓縱容、對厭惡自己的民衆屈從懦弱。「你就承認你跟那些人一樣吧！你還思念著繞石頭跳舞的阿拉伯公主，那就回去找她啊！去和她一起住帳篷過活！去呑她沾灰的烤麵包、吃她的羊奶酪！順便親親她那粉嫩青春的臉頰！忘了我吧！」

分封侯不再搭理她，注意起一處房屋露台上，有個少女及撐著陽傘的老婦。傘柄以蘆葦桿製成，細長如魚線，一只出遠門用的大籃子敞開置於地毯，籃內有腰帶、頭紗、金銀首飾，亂七八糟的快要滿出來。少女不時彎身拿起衣物甩抖，她一身羅馬裝扮，褶紋襯衣搭配綠流蘇無袖長衫，並以多條藍色皮製髮帶束髮。髮帶大概太重了，她有時得用手扶好，傘影在女子頭上移動，半遮著她。安提帕斯只瞥見兩、三次她細緻的頸項、眼尾及小嘴一角，但每當女子彎腰又站直，那頸背到臀部的線條、柔軟靈巧的身段，倒是盡入眼底。他偷瞧了好幾回，呼吸變得急促，眼裡冒出慾火，希羅底發現了。

他問：「那是誰？」

她回答完全不知道，突然消了氣，走開了。

廊柱下，幾個加利利人、抄經士、牧場主人、鹽場管事及一位巴比倫來的猶太騎兵統

12馬卡庇家族（Maccabees）即哈希芒王朝的王室家族。

13雅各（Jacob）與以東（Edom，即以掃 Esau）皆爲《舊約．創世紀》中的人物。兩人爲雙胞胎兄弟，曾因繼承權反目成仇。

14法利賽人（Pharisees），古時猶太教的三大派別之一，另外兩個派別分別是埃塞尼人、撒都該人（Sadducees），其中尤其與撒都該人針鋒相對。法利賽教派在今日成爲所有猶太教教派的根本。

帥，恭迎分封侯駕到。分封侯接受完衆人高聲問安，這才走進宮內。
走廊轉角處，法努耶突然現身。
「啊！怎麼又是你？想必是爲了尤卡納而來的吧？」
「也是爲您而來的！有件大事得向您稟報。」
於是，他隨著安提帕斯進入一間昏暗的廳室。
日光自窗格透落，照亮簷下，牆壁漆成接近黑色的石榴色。房間最裡面擺著一張烏木床，床架以牛皮帶綁製，一口金色盾牌懸掛其上，耀眼如日。
安提帕斯一路走至床邊，斜臥榻上。
法努耶站著，單手高舉，以受感召之姿表示：
「至高的上帝不時派遣聖子下凡，尤卡納是其中之一，你若殺他，將受懲罰。」
「是他逼我的！」安提帕斯嚷道：「他要我做不可能的事！從那時起他就不讓我好過！我可沒一開始就鐵石心腸，他竟從馬卡魯斯派人去我的行省作亂！他這叫活該！既然攻擊我，我只得防衛！」
「他的火氣未免太大了，」法努耶答腔：「但無論如何，你得放了他。」
「沒人會放發狂的野獸出去！」分封侯說道。
「用不著再提心吊膽，他會去找阿拉伯人、高盧人、斯基泰人，傳教到天涯海角是他的使命！」

這位埃塞尼人如此回應，安提帕斯聽及此，似乎失了神。

「好強大的力量……連我都要敬佩他了。」

「所以，放他自由吧！」

分封侯搖搖頭，他害怕的是希羅底、馬奈伊與未知數。法努耶試圖說服他，爲了保證自己的計策沒問題，還提出讓埃塞尼人臣服於王的條件。這派人清苦貧窮，很受尊敬，不向任何磨難屈服，總是穿著亞麻衣衫，懂得觀測星象解讀未來。

突然，安提帕斯記起法努耶的某句話。

「你剛說重要的事情是哪樁？」

一名黑奴突然入內，身上灰撲撲的，氣喘吁吁，吐出這麼一句：

「維提留斯！」

「怎麼？他來了嗎？」

「我看見他，三點前就到了！」

瞬間，走廊門簾像被大風吹動，頻頻掀起垂落。城堡裡喧鬧吵雜，衆人東奔西跑、大呼小叫，推移家具、打翻銀器的聲音此起彼落，塔頂號角響起，召集城堡各處的奴隸。

II

盧修斯．維提留斯走進中庭時，城牆上擠滿了人。他與通譯員並肩而行，身披長袍、佩掛徽章，腳穿執政官木靴，被儀仗隊包圍，後方跟著一頂飾以羽毛、鏡子的大紅轎輦。儀仗隊在門邊立起十二支法西斯斧棍，即是以布帶綁縛整束木棍，木棍中間插入斧頭的權杖。羅馬人威儀當前，衆人莫不膽寒。

由八人扛抬的轎子停止前進，轎裡走出一位青年，寬腰肥肚、滿臉痘瘡，指間戴著珍珠串飾。旁人遞給他一杯斟滿的香料酒，他喝光後，又要了一杯。

安提帕斯跪倒這對父子跟前，誠惶誠恐，說道未能及早知曉大駕光臨，否則沿路必竭盡所能爲其張羅。又稱維提留斯家族乃維特麗亞女神一脈，某條從賈尼科洛山通往海邊的道路甚至以此姓氏命名，家族內更出過無數財政官、執政官。至於眼前這位貴客盧修斯，大家對這位克里特人的征服者、歐留斯公子的父親應當心懷感激，最後表示東方本爲衆神故鄉，他此番前來就像回自己家一樣。

安提帕斯全程以拉丁語頌揚吹捧，維提留斯面無表情，收下奉承。

他以分封侯之父堪稱一國之光作爲回應，提起大希律王[15]的諸多事蹟，例如曾受雅典人之邀擔任奧林匹克競技總管，建造許多廟宇向奧古斯都致敬，稱讚其爲人堅忍、機敏、強悍，且對歷朝羅馬皇帝忠心耿耿。

此時，希羅底走過成排銅柱，以女王之姿現身，身旁侍女、宦官端上呈有薰香的金盤，一路簇擁。

資深執政官朝前三步會見，她亦俯首致意。

「太好了！」她直呼：「這下提庇留的對頭亞基帕再也不能害人了！」

對方不知來龍去脈，只覺得此女不好招惹，而安提帕斯發誓定爲羅馬皇帝赴湯蹈火時，維提留斯補問一句：

「甚至不惜損及他人？」

原來維提留斯曾向帕提亞國王要了許多人質，但羅馬皇帝從不在意，結果安提帕斯爲求表現，竟忙不迭在會議上大肆張揚，他就是因此懷恨在心，援兵才姍姍來遲。

分封侯語塞，倒是歐留斯笑道：

15大希律王（Herod the Great），羅馬帝國在西元前一世紀的猶太地區統治者，也是希律．安提帕斯的父親和希羅底的祖父。據《新約》記載，曾下令殺死轄下伯利恆與周圍一帶兩歲以下的所有男嬰。

「放心，我會保護你的！」

資深執政官假裝沒聽見，這位父親的榮華富貴還得靠兒子不乾不淨的勾當來促成。這朵被皇帝帶大、成長於卡布里島汙泥的鮮花，能替自己帶來如此龐大的利益，自然得格外重視，但又得處處提防，因爲這朵花有毒。

門外揚起吵鬧聲，有人領著數頭白色騾子魚貫進城。騎乘者身著祭司服，他們是撒都該人[16]及法利賽人，爲了同一件事前來馬卡魯斯，前者想奪取祭司職掌，後者則想保住這地位。雙方沉下臉對峙，羅馬帝國及分封侯的共同敵人法利賽人尤其陰鬱，他們擠在人堆裡，衣袍下襬又長，不太好前進，頭頂的高冠繫著寫滿字跡的羊皮綁帶，不時在額前顫晃。

差不多同時，前衛軍也抵達了，士兵們已將盾牌收入囊袋，免得沾染塵土。隨後抵達的是資深執政官的中尉馬塞盧斯，和他那些夾了木冊在腋下的稅吏。

安提帕斯向他介紹身邊要員：托馬伊、康德哈、塞翁、幫他採購瀝青的亞歷山大人阿孟尼烏斯、步兵將領納阿曼、巴比倫人亞辛。

維提留斯注意到馬奈伊。

「那一位是誰？」

分封侯表示他是劊子手。

接著，引見環節開始。

首先是撒都該人喬納達，他的身材矮小，舉止泰然，以希臘語懇請主子賞光走訪耶路撒冷，維提留斯回應可能會去。

而鷹勾鼻、長鬍鬚的以利亞撒，則爲法利賽人請命，希望領回被政府扣在安東尼塔樓的大祭司袍。

再來是一衆加利利人，他們上前告發本斯．彼拉多，譴責他濫殺撒馬利亞當地居民，只爲了一個在附近洞穴尋找大衛王金器遺物的瘋子。衆人齊聲控訴，馬奈伊的音量尤其大，維提留斯保證嚴懲罪犯。

這時，廊柱對面，士兵掛放盾牌的地方突然傳出爭執，原因是有人從打開的盾牌袋瞄見盾心上的凱薩頭像。在猶太人眼裡，這根本是偶像崇拜！安提帕斯出聲訓斥，維提留斯端坐廊柱內側的高椅，對猶太人的憤怒感到驚訝，心想提庇留把四百名猶太人流放至薩丁尼亞島眞是明智之舉。儘管現在他在自家地盤，各方面都占盡優勢，不過還是命令士兵取下盾牌。

16 撒都該人（Sadducees），古時猶太教派的一支，形成於西元前二世紀，消失於約西元一世紀。此教派反對靈魂不滅、肉身復活、天使與神靈的存在等概念，只奉律法書爲正典而駁斥口傳法律，因此與法利賽人長期以來爭執不休。

於是，猶太人圍住資深執政官，懇求他導正偏私、特權，多施恩德。他們推擠拉扯，衣服都撕破了，奴僕爲騰出空間，持棍左右開打。距離城門最近的群眾逃上小路，卻被另一批湧上的人逼退，人堆裡兩股人潮交錯，此消彼長，加上城牆阻擋，擠得水洩不通。

維提留斯詢問爲何如此多人，安提帕斯回答因爲他在舉行生日宴，一手指向垛口上的僕人，他們正屈身拖行幾大簍的肉、水果、蔬菜、羚羊、鸛鳥、大魚、葡萄、西瓜，還堆得高如金字塔的石榴。歐留斯按捺不住，直衝廚房，他貪食嗜吃，胃口之大震驚世人。

經過酒窖時，歐留斯發現幾只類似護胸甲的鐵鍋，維提留斯趨前細查，接著要求打開堡壘地下室。

地下室乃挖鑿石壁而成，壁頂極高，並且等距鑿建石柱支撐。第一間放了數件舊鎧甲，第二間擺滿長矛，矛尖竄出羽飾，朝上而立。第三間裡，細箭一根挨著一根垂直放置，彷彿織著什麼蘆葦桿蓆子。第四間的岩壁上掛滿彎刀，第五間中央是成排的頭盔，盔頂相連，猶如一隊紅蛇軍團。第六間只有一些箭筒，第七間是腿甲，第八間僅見臂甲。後面幾間，有放長叉、鐵鉤、梯子，乃至投石器的拋杆及單峰駱駝的胸鈴！因爲山體構造越往底部越見寬闊，內部挖空後形同蜂窩，這些房間底下還有更多房間，更深處都還延續著。

三名宦官舉起火把照明，維提留斯、通譯員費內、稅吏長西塞納依序巡視所有房間。他們在昏暗的火光下認出蠻族製造的可怕東西，例如插滿鐵釘的棍棒、可毒爛傷口的標槍、如鱷魚下顎的金屬鉗。林林總總計下來，分封侯在馬卡魯斯擁有可武裝四萬人的軍火裝備。

分封侯為了防止敵軍聯手進攻，才儲備大批武器防患未然，但資深執政官也有可能相信或指稱那是用來對付羅馬人的，因此分封侯力圖自清。

他表示這些武器非他私有，多數是拿來防衛強盜，對抗阿拉伯人更是必不可少的，又稱武器都是父親大希律王留下的遺產。突然，原本走在維提留斯後方的他搶先一步，靠上一堵牆張開雙臂，用身上長袍極力遮掩一扇門。不料門框上緣超出他的頭，被維提留斯發現，問起門裡關的是什麼。

然而，這扇門只有巴比倫人才打得開。

「那就叫巴比倫人來！」

眾人一齊等候。

當年巴比倫人亞辛的父親帶著五百騎兵，從幼發拉底河岸來見大希律王，自薦防守東方邊境。帝國分封後，亞辛先留在腓力身邊，繼而轉往效力安提帕斯。

他接受召喚前來，肩頭扛著弓，手裡執長鞭，畸形的腿上緊緊纏繞五顏六色的繩帶，身穿無袖上衣，露出粗壯的手臂，鬍鬚鬈曲成圈。

起初他聽不懂翻譯，一臉困惑，維提留斯朝安提帕斯使眼色，他立刻重述命令，巴比倫人這才徒手推門，讓門滑進牆壁內側。

黑暗裡衝出一陣熱氣，衆人沿一條蜿蜒小路向下走，來到一座比地底其他地方都寬敞的岩洞門口。

碉堡以懸崖做爲天然屏障，懸崖盡頭鑿開一道拱門，忍冬花緊緊攀附拱頂，陽光下，花葉任意垂落，地面還有一道細流潺潺。

岩洞裡竟是白馬成群，大約有百來匹。與馬嘴齊高的木板上放滿大麥，馬兒忙著大口嚼食，馬鬃全染成藍色，馬蹄包著草編的套子，雙耳間的鬃毛蓬鬆蓋上前額，猶如假髮，長長的馬尾輕拂膝窩。資深執政官見了這景象，驚訝到說不出話來。

這些是世界頂尖的良駒，行動如蛇蟒靈活、如禽鳥輕盈，速度追得上騎士的箭，膽識足以掀翻敵軍、咬上他們肚腹。牠們輕易便能閃躲岩塊、躍過深谷，可以在草原上狂奔整日，但一聲令下又能即刻止步。亞辛一進去，馬兒就像綿羊見到牧羊人般靠上前，朝他伸長脖子，如孩童般望著他，眼神猶疑不安。亞辛像平常一樣，從喉底發出低啞的吼音鼓舞馬群，馬兒紛紛抬起前腿直立，渴望能到外頭跑跑。

安提帕斯就是擔心維提留斯強奪馬匹，才將牠們關在這特殊地方。

「馬廄環境太糟了，」資深執政官說：「很可能會毀了牠們。清點一下，西塞納！」

稅吏長從腰帶抽出木冊，計算馬匹數量，登錄上冊。

這些民間的收稅業者為了搜刮地方財產，早已收買中央官員，與之沆瀣一氣。西塞納伸出黃鼠狼般的下顎四處嗅聞，眼睛眨巴眨巴地探看。

終於，衆人返回地上宮殿中庭。

石板地中央有幾座雨水池，分別以青銅圓板遮蓋，西塞納發現其中一塊特別大，踏上去發出的聲音也不若其他響亮。他輪流敲打所有圓板後頓足驚呼：

「找到了！找到了！大希律王的寶藏在這裡！」

羅馬人向來對尋找這批寶藏非常狂熱。

「沒有寶藏！」分封侯發誓。

「不然，這底下有什麼？」

「沒什麼！是人，一個囚犯。」

「讓我看看！」維提留斯說。

分封侯並未照辦，否則猶太人就知道祕密了。他遲遲不開圓板，維提留斯不耐煩起來。

「砸開！」他喝令儀仗員。

馬奈伊猜中他們的意圖，又見到斧頭高舉，以為要斬首尤卡納了，於是攔住已朝蓋板砍一刀的儀仗員，拿起某種鉤狀物插入蓋板與石地之間。他的細瘦手臂使勁拉緊，慢慢勾起蓋子，翻落開來，觀者無不讚嘆這老人力大無窮。蓋子是雙層的，背面是木板，掀開後出現一道與蓋子同樣大小的活門，被馬奈伊一拳擊成兩半，露出一個洞。底下是個巨坑，沒有扶手的梯子旋繞而下，人們從洞口邊緣彎身探看，坑底似乎有個模糊可怕的東西。

那個像人一樣的生物躺臥在地，長髮散落，與披在背上的獸皮雜亂交纏。他站起來，前額碰到封上橫條的柵欄，沒一會兒，又隱沒進洞穴深處。

陽光照得人們冠頂、劍首閃閃發光，石板地熱氣逼人，鴿子飛下木梁，盤旋中庭上方，平常馬奈伊餵食鴿子的時間到了。他蹲在分封侯前方，分封侯站在維提留斯身旁，加利利人、祭司、士兵在後方圍成一圈，大家默不吭聲，忐忑靜待分曉。

眾人先是聽到一聲低沉的長嘆，宮殿另一頭的希羅底也聽到了。嘆息聲誘使她穿過人群，她扶著馬奈伊的肩，俯身細聽。

那聲音揚起：

「你們有禍了！法利賽人及撒都該人，蛇蠍民族！驕傲自滿如鼓脹的酒囊，振振有詞如刺耳的銅鈸！」

大家認出是尤卡納的聲音，他的名字迅速傳開，更多人因此聚集過來。

「人啊！你們有禍了！那些猶大的叛徒、以法蓮城的酒鬼，以及住在肥沃谷地、被酒香薰得站不穩的傢伙！願這些人像水一般流散，像蛞蝓爬行時被曬融，像女人早產的孩子見不到陽光！

「摩亞人必定如雀鳥躲向樹林，如跳鼠藏匿洞穴！城門將比堅果殼更快碎裂，城牆倒塌、市鎮焚毀，天災連綿，永不停歇！他會拿你們的四肢攪動血泊，猶如羊毛浸泡染缸；他將如嶄新的農耙，撕裂你們，再將你們的肉塊撒向山頭！」

他提到的「他」，那個征服者，是誰呢？是維提留斯嗎？只有羅馬人能造成這種毀滅。有人開始抱怨起來：「夠了！夠了！叫他別說了！」

尤卡納不但繼續，甚至提高音量：「幼童將在母親屍體旁匍匐塵土爬行，大人只能冒著刀劍襲身的危險，趁夜在瓦礫堆中翻找麵包！從前老人夜晚聊天的廣場，將成豺狼爭食骸骨之地！你們的女眷得強吞淚水，替異族的宴會彈奏西特琴！你們最勇敢的子孫，將彎著腰桿馱物，直至負載過重，皮開肉綻！」

人們彷彿重見過去顛沛流離的日子，和歷史上的種種災難。這些舊時先知預言，經過尤卡納一字一句吐出，猶如當頭棒喝。

下一刻，他的音調轉趨柔和，平穩悅耳的嗓音，宣布救贖將至，天空光輝燦爛，嬰兒不怕將手探入蛇窟，泥土能變黃金，沙漠也能開出玫瑰：「現在花六十基卡才買得到的，以後用不著一奧波勒幣！岩石裡將湧出牛奶泉，人們吃飽喝足後便在酒坊睡上一覺！

「我期盼的你，何時前來？眾生將跪迎你，你的統治永久恆長，大衛之子[17]啊……」

分封侯倒退一步，大衛之子的存在對他而言，簡直是侮辱和威脅。

尤卡納痛斥分封侯的王國，強調「天主是唯一的王，再無其他！」罵遍城堡裡的花園、雕像、象牙家具，指控分封侯與無神論的以色列王亞哈一樣德性。

安提帕斯扯斷胸前掛著的印璽繫繩，丟下深坑，命令他閉嘴。

回應他的卻是：「我將像熊、像野驢、像產婦一般厲聲呼喊！你亂倫失當，懲罰已定，上帝將使你如騾子般無法生育！」

笑聲四起，猶如汩汩浪聲。

維提留斯堅持待在原地，通譯員不帶任何情緒，把尤卡納的咆哮謾罵一字不漏全譯成拉丁語。分封侯及希羅底被迫遭受二度折磨，前者呼吸急促，後者呆望井底，張口結舌。

那駭人的男子抬頭仰望，抓住柵欄，湊上臉，囚首垢面，眼神如炭火爍亮：「啊！是你，屠殺先知的耶洗別[18]！你踩著喀啦作響的鞋靴迷惑君心，如母馬聲聲嘶叫，在各處山巔鋪上你的床，以求順利獻身！

「上帝將奪去你的耳飾、紫袍、亞麻面紗、手鐲、腳環，還有你額上顫動的小金月牙、銀鏡、鴕鳥羽扇、高跟珠鞋、引人自負的鑽石、髮香、彩繪指甲，一切奢侈的花樣都不放過，還湊不夠石子砸死你這通姦犯！」

希羅底環顧四周求救，法利賽人偽善地垂下眼，撒都該人別過頭去，生怕得罪資深執政官，安提帕斯則如槁木死灰。

罵聲越來越大，傳遍周遭，似雷劈轟隆，震得山裡回音不斷，陣陣雷鳴山響痛擊馬卡魯斯堡。

「躺臥塵土去吧！巴比倫的女兒！快去磨麵粉！解開腰帶、脫下鞋子、撩起衣裙，涉水過河！世人將發現你的無恥、見識你的失德！你就等著哭到牙崩齒裂！上帝厭極了你罪惡的氣息！下地獄吧！下地獄吧！像母狗一樣死去吧！」

活門關起，銅蓋再度覆上，馬奈伊直想掐死尤卡納。

希羅底走離洞口，法利賽人氣憤難耐，身處其間的安提帕斯企圖辯解。

以利亞撒直說娶兄弟之妻大抵無礙，但希羅底並非寡婦，又有個孩子，才會遭人憎惡。

「是啊！大錯特錯！」喬納達也駁斥：「律法並未明文禁止這類婚姻！」

「無論如何，大家對我太不公平了！」安提帕斯說：「因爲，畢竟，阿薩隆也睡過他父親大衛王的妃子！還有猶大和媳婦、阿孟和自己妹妹、羅得和兩名女兒也是如此！」

這時歐留斯出現了，他剛睡醒，了解來龍去脈後，他表態贊同分封侯，認爲根本不必

17 即大衛王之子。據《聖經》所載，耶穌的父親約瑟與母親瑪莉亞皆是大衛王的後裔。

18 耶洗別（Jezebel），記載於《舊約．列王記》中的聖經人物，以色列王亞哈（Ahab）的妻子，因強迫以色列人改宗、殺害耶和華的先知而遭譴責。施洗約翰在此以耶洗別比喻希羅底，責備她是個惡毒的女人。

爲這等蠢事煩心，對祭司的責難與尤卡納的怒氣更大肆嘲笑。

希羅底站在台階中央，轉身對他說：

「大錯特錯啊，我的主人！這傢伙要求百姓起身抗稅！」

「眞的嗎？」稅吏長立即問道。

眾人表示確有此事，分封侯亦加以證實。

維提留斯料想囚犯可能逃脫，又覺得安提帕斯的統治靠不住，於是在每道城門、城牆周邊及中庭加派哨兵護衛。

之後，他返回寢宮，祭司團隨侍在旁。

他們雖未提及祭司執掌問題，卻抱怨不歇，吵得人不得安寧，因此全被他打發出去。

喬納達離開寢宮，發現城垛上，安提帕斯正與一名長髮白袍的男子交談，是個埃塞尼人，他開始後悔剛才支持分封侯了。

此時的分封侯則已經過一陣反覆思量，最後終於鬆了口氣，因爲尤卡納再也不干他的事了！羅馬人會接手負責，眞是輕鬆多了！他想，正好見到法努耶走在城牆馬道上。

他叫住對方，指著士兵們開口：「他們太過強大，我放不了人！這不是我的錯！」

中庭空蕩蕩的，奴僕正在休息，晚霞燒得天邊火紅，地平線上，萬物逐漸染得黯淡。

安提帕斯認出死海另一頭的鹽田，阿拉伯人的帳篷倒是不見了，或許撤離了吧？月亮升起，他的心也平靜下來。

法努耶垂頭喪氣，終於說出該說的話。

這個月以來，他夜夜觀星至天明，發現英仙座高懸天頂，阿格拉星幾乎看不見，大陵五星亮度黯淡，鯨魚座的米拉星失去蹤影。如此星象，預告重要人物的死亡，而且就是今晚，就在馬卡魯斯城。

會是誰呢？維提留斯受重兵保護，尤卡納也沒被處死，「那便是我了！」分封侯自忖。說不定阿拉伯人去而復返？或者資深執政官察覺他與帕提亞族的關係？那些護送祭司的耶路撒冷殺手，衣服底下可都藏著匕首！分封侯對法努耶解讀星象的準確度深信不疑。

他想找希羅底幫忙，心裡又憎惡她，儘管她確實能鼓舞自己。自從他受到此女魅惑開始，彼此關係終難切割。

他走進她寢宮，斑岩水盆上正點著肉桂薰香，香粉、香膏、似雲朵柔軟的織物、比羽毛輕巧的繡品散落一地。

他沒道出法努耶的預言，也不談自己對猶太人及阿拉伯人的恐懼。她早罵過他懦弱，所以他只提羅馬人，說維提留斯完全不透露他的軍事計畫，大概把自己認爲是該猶斯的朋友了，而該猶斯又和亞基帕往來密切，因此自己恐被流放或殺害。

希羅底大發慈悲，極力安撫他，最後從首飾盒裡取出一只特殊勳章，上頭印有提庇留皇帝的肖像。這個東西足以讓儀仗隊嚇白了臉，瓦解一切責難。

安提帕斯感激萬分，問她是如何取得這個寶物的。

「有人給我的。」她回答。

這時，對面門簾底下，伸出一隻赤裸手臂，光滑迷人，堪比雕塑家波利克萊塔斯[19]的象牙雕塑。這條手臂往半空中探找，笨拙卻優雅地試圖抓起忘在靠牆矮凳上的襯衣。

一名老婦撩起簾子，小心遞入衣服。

分封侯似乎想起什麼，但不太確定。

「這是你的女奴？」

「關你什麼事？」希羅底回嘴。

III

宴會廳裡，高朋滿座。

此廳與羅馬大會堂的長型格局相仿，以檀木廊柱區隔三間大殿，青銅柱頭刻滿雕飾，往上搭建出兩道拱廊。窗戶成排，第三道拱廊以金銀絲爲飾，突出於大廳盡頭，正對另一端的巨大拱腹。

廳內一長排的餐桌上，點起盞盞燭台，火光叢集，照亮了彩漆杯、銅盤、雪塊以及成堆葡萄。只是因天花板極高，紅光逐漸發散轉暗，光點閃爍，猶如夜裡穿透枝枒的星光。從大片窗戶望出去，可見四周屋宇陽台也燃燒起火炬，因爲安提帕斯大宴賓客，無論朋友、百姓，來者不拒。

奴僕們腳踏毛呢鞋履，手端杯碗盤碟，穿梭賓客之間，敏捷如犬。

19波利克萊塔斯（Polyclitus），希臘古典時期的雕刻家，活躍於大約西元前五到前四世紀。特別精通塑造運動員的樣態，被稱爲「人的雕刻家」。

執政官的桌席設於無花果木高檀，上方是鍍金看台，以巴比倫織毯圍成亭帳。亭帳裡擺著三張臥榻，一張置中，兩張居側，三個重要人物分坐其上：維提留斯靠近左側門邊，歐留斯在右邊，安提帕斯坐中間。

分封侯身著厚重黑袍，但五顏六色的配飾掩蓋了那塊黑色質料。他的臉施脂粉，鬍子梳成扇形，以寶石鑲嵌的冠冕束攏頭髮，髮間撲撒藍色香粉。維提留斯仍著亞麻長袍，斜掛紫色綬帶。歐留斯穿了一身紫色鑲銀飾的絲綢長袍，又差遣僕人把袖子拉到背後打結。他的頭髮層層盤繞，活像一座階梯，藍寶石項鍊在胸前閃耀，胸脯肥嫩白皙，堪比女人。他不時在臥席上伸展肢體，一雙赤足就這麼在賓客頭頂晃蕩，身邊一張蓆子上，有個俊美的孩子盤腿而坐，不住微笑。歐留斯方才在廚房一見這孩童，便念念不忘，卻又記不住他的迦勒底名，乾脆喚他「亞細亞」。

宴客廳一側坐著安提帕斯的祭司與官員、耶路撒冷的居民、希臘城邦的首長，而另一側，資深執政官下方，馬塞盧斯與稅吏同坐，還有分封侯的友人與迦拿、多利買王朝、耶利哥等地的名流要人。其他人則隨意就座，有黎巴嫩的山民、大希律王的老兵、十二名色雷斯人、一名高盧人、兩名日耳曼人、獵羊人、以東地方的牧人、帕爾米拉的蘇丹、以旬迦別的水手，每人面前都有塊用來擦手指的軟麵團。大家的手臂伸得像禿鷲頸子那麼長，拿取橄欖、核果和杏仁，花冠下的每張臉，無不眉開眼笑。

法利賽人拒戴花冠，覺得那是羅馬人傷風敗俗的象徵，朝他們撒白松香及乳香水時，更是驚慌顫抖，因爲他們覺得那是神廟專用的香脂。

歐留斯拿香脂擦抹腋下，安提帕斯答應送他三大簍這上好的香脂，埃及豔后克麗奧佩脫拉就是因爲這香才覬覦巴勒斯坦的。

這時，提比里亞的駐軍隊長突然前來，站在安提帕斯身後，顯然有要事相告，他卻忙著留意資深執政官，又分神聽起鄰桌談話。

那些人正在談論尤卡納和他的族人，例如來自基鐸的西蒙，他主張以火洗去罪惡，還有個叫耶穌的……

「這個最壞！」以利亞撒叫道：「多麼無恥的雜耍藝人！」

分封侯後方，一名男子突然起身，臉色白得像身上短袍的白色滾邊。他走下座席，斥責法利賽人：

「謊言！耶穌行了許多神蹟！」

安提帕斯早就想親眼目睹：

「你應該帶他來的，說說他的事吧！」

於是男子道出自己名叫雅各，爲了生病的女兒前往加弗農，求主替她治病，主對他說：「回家吧，她已經痊癒！」返家後，果眞見到女兒站在家門口，而女兒下床時皇宮的日晷指向三點鐘，正好是自己與耶穌談話的時刻。

法利賽人反駁，認爲神蹟靠的是宗教儀式和靈藥，甚至馬卡魯斯這兒，偶爾也能尋得使人百毒不侵的巴拉斯草。不見不碰病患就能治病實無可能，除非耶穌找魔鬼幫忙。

安提帕斯的友人，連同加利利的首長們，一起點頭附和：

「鐵定是魔鬼。」

雅各站在這夥人與祭司餐桌中間，靜默不語，態度溫和堅定。

衆人催他開口：「證明他的力量啊！」

雅各受驚似地垂下肩，低聲緩慢說道：「所以你們不知道他是彌賽亞？」

祭司們面面相覷，維提留斯要求翻譯這個詞，通譯員想了一會兒才回答。

他說，當地人將能帶來富足喜樂、使萬民歸一的救世主稱爲「彌賽亞」。部分人還主張有兩位彌賽亞，一位恐被北方惡魔歌革和瑪各擊敗，另一位卻可望消滅罪惡之王。幾世紀以來，他們時刻等待彌賽亞降臨。

祭司們交頭接耳，最後由以利亞撒發話。

他首先表示彌賽亞應是大衛之子，而非木匠的兒子，且他是尊崇律法的人，耶穌這拿撒勒人卻對律法嚴加抨擊。還有一個最有力的證據是，先知以利亞理應先於彌賽亞出現。

雅各回應：「可是以利亞已經來了！」

「以利亞！以利亞！」衆人紛傳。

大家心裡浮現相同畫面，描摹著以利亞的形象：一名老人，頭頂烏鴉盤旋，操縱雷電燒毀祭壇，崇拜偶像的祭司被拋入洪流。

露台上的婦女亦同，她們無不聯想到撒勒法寡婦供養以利亞的傳說。雅各費盡唇舌，直說自己認識先知，而且親眼見過，大家都見過！

「那他叫什麼名字？」

雅各竭盡全力大喊：

「尤卡納！」

安提帕斯胸口如遭重擊，向後退卻，撒都該人撲向雅各，以利亞撒高聲疾呼，要大家聽他說話。

等現場安靜下來，他披上長袍，像法官一樣提出問題。

「既然先知已死……」

問題被一陣竊竊私語打斷，因爲衆人相信以利亞只是失蹤罷了。

以利亞撒怒斥聽衆，繼續審訊：

「你認爲他復活了？」

「爲什麼不？」雅各道。

撒都該人聳聳肩，喬納達尤其將小眼珠子睜得老大，放聲大笑，活像個小丑。沒有比妄想肉體永生更蠢的了，他對資深執政官朗誦了一句當代詩人的詩句：

死後，肉身休停，命恐難永續。

此時歐留斯歪倒在臥榻邊，額頭冒汗，臉色發青，雙拳壓胃。

撒都該人假裝憂心忡忡，心想明天大祭司的位置就要到手，安提帕斯則面色如土。一旁維提留斯不動聲色，其實擔心得要命，因爲兒子要是有個三長兩短，他可能因此失去榮華富貴。

歐留斯還沒止吐，又想繼續吃。

「給我拿大理石粉過來！或是納克索斯板岩，或是海水，隨便都好！也許我泡個澡就好啦！」

他嚼著雪塊，打量起眼前的康瑪吉尼砂鍋及玫瑰烏鴉，在兩道菜間舉棋不定，最後選了蜂蜜南瓜。亞細亞看他看得出神，這般狼吞虎嚥的功力當眞是出身強族的奇葩。

僕人端來牛腎、睡鼠、夜鶯、葡萄葉包肉，祭司們繼續討論復活一事，師承哲學家菲隆、屬於柏拉圖學派的阿孟尼烏斯覺得他們蠢得可以，並將這些內容轉述給嘲笑神諭的希臘人聽。馬塞盧斯及雅各比鄰而坐，前者描述密特拉神替他受洗的幸福感，雅各則勸他追隨耶穌。產自撒斐與畢布魯斯的棕櫚酒及檉柳酒，從雙耳甕倒入調酒醰，再裝進酒杯，最後被灌飲入喉，賓客把酒言歡，暢談心聲。亞辛雖是猶太人，也毫不掩飾他對星象的愛好。一名阿法迦商人細述希拉波利斯神廟的奇觀，遊牧民族聽得目瞪口呆，紛紛向他打聽朝聖費用，也有些人依然篤信家鄉宗教。一名幾乎全盲的日耳曼人唱起頌歌，讚美神祇曾榮光顯靈的斯堪地那維亞半島，示劍人則因敬奉阿齊瑪鴿，所以不吃斑鳩。

部分人站在宴會廳中央交談，呼出的氣息混雜燭火燻煙瀰漫空中。法努耶正沿牆走來，他剛才又去觀望天象，因爲害怕沾上油汙，他並未靠近分封侯。在埃塞尼人眼中，沾上油汙是種嚴重的恥辱。

突然，城門傳來幾下敲打聲。

尤卡納被關押在此的消息已然傳開，山谷裡擠滿人群，黑壓壓一片。許多人舉起火炬，沿著小路走上來，口裡不時呼喊：

「尤卡納！尤卡納！」

「什麼都讓他搞得一團亂！」喬納達開口。

「再這樣下去，咱們怕沒錢好拿了！」法利賽人補了一句。

於是罵聲四起：

「保護我們！」

「快點做個了斷！」

「都是你背棄宗教！」

「你們希律家世代都褻瀆宗教！」

「比你們好多了！」安提帕斯反駁：「你們的神廟還是我父親蓋的！」

這下，祖先遭流放的法利賽人，亦即祭司瑪他提雅[20]的信徒們，開始群起控訴分封侯家族的罪惡。

這些人頭型尖細，鬍鬚濃密，雙手枯瘦醜惡，還有人鼻子塌陷、眼睛圓大，神似鬥牛犬。十二名靠剩餘祭品供養的書記和僕人，直撲高壇，亮刀威脅安提帕斯，他試圖解釋，撒都該人出言相挺，但欲振乏力。分封侯看見馬奈伊，立刻示意對方離開，維提留斯則一副事不關己的模樣。

法利賽人正在臥席上大發雷霆，他們砸碎眼前盤子，因爲這道料理是屋大維謀士梅塞納斯鍾愛的野驢肉燉菜，他們認爲邪惡不潔。

歐留斯聽說了法利賽人不敬驢身卻崇敬驢頭，於是拿這件事開起玩笑，又拚命挖苦他們之所以厭惡豬，多半是因爲這肸獸害死他們的酒神巴克斯，畢竟他們嗜酒如命，神殿裡甚至可見金葡萄樹。

祭司們聽不懂他的語言，譯員費內是加利利人，又拒絕翻譯這段話，歐留斯因此氣炸了，加上亞細亞此時已經嚇得逃離，他於是開始遷怒餐點不合意、菜餚太普通，連個像樣的裝飾都沒有！他直到見著敘利亞母羊被端上桌，看見那富含油脂的尾巴才冷靜下來。

維提留斯似乎很討厭猶太人的民族性。

他們的神想必是摩洛[21]，因爲他一路上看見許多祭壇供奉，不禁聯想到獻祭孩童及猶太人祕密養胖人的傳言。資深執政官的拉丁天性激起對猶太人的反感，因爲他們性格偏執、瘋狂反對偶像且粗野頑強。他想要退席，他的兒子卻不肯。

歐留斯倒臥成堆食物後方，衣袍褪至腰臀，飽得再也吃不下，仍堅持不肯離開。

此刻衆人情緒高張，熱議獨立計畫。他們憶起以色列的光榮歷史，凡入侵征服者皆遭到懲罰，比如伊底帕斯的女兒安蒂岡妮、羅馬將軍克拉蘇、敘利亞總督瓦魯斯。

「混帳！」資深執政官出聲，因爲他聽得懂敘利亞話，通譯員不用翻譯，只須留段時間讓他答話即可。

安提帕斯立刻取出皇帝徽章，戰戰兢兢地關照它，拿起肖像那面示人。

金色桌席旁的壁牆突然開啓，燈燭輝煌，在女奴簇擁及銀蓮花綵環繞下，希羅底現身。

20 瑪他提雅（Mattathias），西元前二世紀的猶太教祭司，曾帶領信徒反抗塞琉古王朝對猶太教的迫害。

21 摩洛（Moloch），上古近東的一個神祇名，與火祭孩童有關。摩洛神的信仰盛行於古代地中海東南岸地區，希伯來人斥之爲邪神。

她頭戴亞述高冠，冠帶綁附額前，鬈髮披落朱紅長袍，雙袖開衩。兩頭如希臘阿德里得家族寶藏的石獸矗立門邊，她宛如大地之母希貝莉倚靠石獅，從俯視可見安提帕斯的欄杆高處，舉杯高喊：

「凱撒萬歲！」

維提留斯、安提帕斯和祭司們附和稱頌。

這時大廳盡頭傳來聲聲驚嘆，一名少女走了進來。

藍色薄紗遮掩她的胸及臉，眼睛的弧線、耳掛的玉墜及白皙肌膚仍依稀可辨。女子肩上披掛斑斕閃亮的方絲巾，垂至腰際以金銀腰帶束起，黑色襯褲妝點曼德拉草，她慵懶徐行，蜂鳥毛做的小鞋喀拉喀拉響。

步上高壇後，女子卸下面紗，簡直是年輕時候的希羅底。瞬地，她翩然起舞。

她的雙足跟隨笛子與響板的節奏交替點踏，雙臂線條圓潤姣好，似在呼喚某個不停奔逃的男子。她追逐在後，輕盈如蝶，好似神話裡那好奇的美女普賽克[22]，又如飄忽的靈魂，彷彿隨時準備凌空飛起。

金格拉笛蕭瑟的曲聲替代響板，絕望取代期盼，舞姿演繹悲嘆。那滿身的憂愁，令人不知她是否為神落淚，抑或在神的輕撫下嚥氣。她瞇細雙眼，扭動上身，腰腹擺動如波，引得雙乳震顫，面容卻依然平靜，舞步絲毫未歇。

維提留斯將女子比做默劇演員蒙內斯特，歐留斯還在嘔吐，分封侯已看得痴迷，恍如置身夢中。他完全忘了希羅底，只覺得依稀見她與撒都該人在一起，這幅幻影逐漸遠去。

然而，眼前的佳人就絕非幻影了，而是希羅底在遠離馬卡魯斯城之處，祕密調教的女兒莎樂美，目的是讓分封侯愛上她。這招果真妙計，成功十拿九穩。

這場表演進入求愛戲碼，莎樂美舞得像印度女祭司、瀑布區的努比亞女子，又像黎迪亞城的酒神女祭司。她旋轉俯仰，如受狂風吹襲的花朵，耳環閃動光芒，披肩布料絢爛多彩。如此華服輕擁，舉手投足濺起無形火花，猛烈燒向男人，豎琴聲揚，眾人報以喝采。莎樂美站開雙腿，膝蓋打直，彎腰俯身，下巴輕略地板。此時，不論是生活節制的遊牧民族、縱慾放蕩的羅馬士兵、貪得無厭的稅吏、咄咄逼人的老祭司，全場觀眾無不呼吸急促、鼻孔大張、心癢垂涎。

莎樂美繞著安提帕斯的桌席瘋狂旋轉，猶如女巫的菱形紡錘，安提帕斯發出肉慾的泣吟，向她喚道：「來呀！來呀！」她依舊旋轉，鈴鼓聲震耳欲聾，群眾鼓譟，分封侯的呼喊更加高昂：「來吧！來吧！迦百農給你吧！提比里亞平原也給你！我所有的城堡、國土

22普賽克（Psyche），又譯賽姬，希臘神話與羅馬神話中的人物，愛神邱比特的妻子。

的一半都拿去吧！」

莎樂美雙手撐地，足踝抬至空中，在高壇上倒立而行，像一隻大金甲蟲。下一刻，倏地停下。

她的頸子與脊椎成直角，布料包裹的雙腿高舉過肩，手肘支地，彩褲襯著臉蛋，身軀恰似彩虹。她唇抹胭脂，秀眉墨黑，雙瞳翦水，前額浸染汗珠，彷彿白色大理石氤氳而出的水氣。

少女一句話也沒說，與分封侯對望。

看台上傳來彈指聲，莎樂美立刻前去，再回來時，微微傾著身體，稚氣的臉龐發出童音，有些咬字還不太精準：

「我想要你拿個盤子給我，上面要裝一顆頭，裝……」她一時忘了名字，隨即想起來，甜笑道：「尤卡納的頭！」

分封侯一聽，癱軟倒地。

他一言九鼎，眾人全等著看，先前他聽法努耶預言今夜有人將死，如果死的是他人，或許自己就倖免了？若尤卡納眞是先知以利亞的化身，應能避開死劫；若不是，殺了他也沒什麼大不了的。

隨侍在側的馬奈伊了解他的盤算。

維提留斯叫來馬奈伊下達指令，讓他吩咐衛兵，對地牢嚴加看守。終於可以解決心頭大患，只消片刻，事情便能就此了結。然而，馬奈伊在這趟任務中，竟無法速戰速決。

他驚慌失措地返回。

這名撒馬利亞人幹了四十年劊子手，曾淹死亞里斯多布，絞死亞歷山大，活活燒死瑪他提雅，斬首佐西姆、巴畢斯、約瑟和安提帕特……，手刃這些希律家的成員部屬他從不手軟，如今居然不敢殺尤卡納！

只見他牙齒打顫，渾身發抖，堅持自己剛才在地洞前看見撒馬利亞人的大天使，祂的全身布滿眼睛，揮舞巨大雙刀，鋸齒狀的利刃紅如焰火。馬奈伊帶來兩名士兵，聲稱可以證實他所言非假。

士兵們卻說，他們只看到一名猶太將領衝向他們，其他什麼也沒見，將領也早已消失無蹤。

希羅底勃然大怒，髒話毒語傾洩而出，指甲甚至撞上看台欄杆而斷裂。兩頭石獅狀似咬著她的肩膀，同樣怒不可扼。

安提帕斯跟著大罵，祭司、士兵、法利賽人要求反擊洩憤，其他人則因被擾了興致，大為光火。

馬奈伊掩面離去。

賓客們覺得這次的時間比第一次還久，頗爲不耐。

突然，走廊傳來腳步聲，衆人的焦慮已瀕臨極限。

頭顱來了！馬奈伊抓著頭顱的髮，得意洋洋地提進門來，現場鼓掌歡呼。

他將頭顱放上盤子，端給莎樂美。

莎樂美接過了，登上看台，腳步輕盈。數分鐘後，由一名老婦送回頭顱，分封侯認出她就是早上在民宅露台、後來現身希羅底寢宮的那位婦人。

分封侯後退，避看頭顱，維提留斯則無所謂地望了一眼。

馬奈伊走下高壇，先朝羅馬首長們展示，再給周邊賓客們觀看。

大家端詳研究了一陣。

鋒利的刑刀由上而下，砍進下顎，嘴角留下痙攣抽搐的痕跡，鬍鬚上遍布乾涸血滴，在周圍燭光照亮下，闔上的眼皮慘白如貝殼。

頭顱傳到祭司桌，一名法利賽人好奇翻弄，馬奈伊將其轉正後，送到歐留斯面前，這才將他吵醒。歐留斯睡眼惺忪，跟死人頭顱一樣半開著眼，兩雙眼眸透過睫毛間隙對望，似乎有所交流。之後馬奈伊將頭顱拿給安提帕斯，分封侯望著那顆頭，淚水流下雙頰。

火炬熄滅，賓客散盡，安提帕斯獨留宴客廳中，雙手撐著兩鬢，直盯著砍下的頭顱。

此刻法努耶站在大殿中央，張開雙臂，喃喃禱告著。

太陽升起，尤卡納之前派出的兩個門徒突然現身，帶回大家企盼已久的訊息。

他們告訴法努耶，他聽聞後欣喜若狂。

接著，他指向杯盤狼藉中那塊裝著不幸東西的盤子給兩人看，其中一人開口：

「請節哀！他已到下界向亡者宣揚耶穌降臨了！」

這位埃塞尼人如今明白了這些話：「為求他強大，我該遭貶抑。」

三人帶著尤卡納的頭，往加利利方向而去。

覺得頭顱重時，他們便輪流捧著。

藏書癖

Bibliomanie

一八三六年十一月，短篇小說——

巴塞隆納一條狹窄無光的巷道內，前不久搬來一名面色蒼白、雙眼凹陷無神、氣質妖異古怪的男人，堪比奇幻作家霍夫曼[1]從夢境裡挖掘出來的角色。

他是書商賈科莫。

三十歲人，看上去卻老態龍鍾；個子雖高，卻如老者佝僂。他蓄留的長髮已然花白，衣著寒傖襤褸，雙手結實有力，只是皮膚乾裂、布滿皺紋，總是一副笨拙彆扭的模樣。他的相貌慘白、憂鬱、醜陋，毫無可取之處，他很少現身街頭，除非遇上買賣珍稀書籍的日子。買書當下，他不再是那個冷漠滑稽的傢伙，整個人眉開眼笑、連走帶跑、跺腳頓足，管不住自己的喜悅、擔憂、焦慮及痛苦。買了書後，他便匆匆返家，氣喘如牛的樣子，彷彿隨時都要窒息。他會拿著愛書，不住翻看，含情脈脈的眼神，就像守財奴愛錢、父親愛女兒、國王愛皇冠一樣。

除了舊書商與舊貨商，他從不與人交談，總是沉默寡言、耽溺幻想、陰鬱愁悶，所有心思、愛意、熱情獨獨給了書。這份愛意與熱情，在他體內燃燒，耗盡他的歲月，逐漸將他吞噬。

鄰居常在夜裡，透過書店玻璃窗窺見屋裡燈火搖曳，燭光前進、走遠、上樓，有時若熄了，鄰居接著就會聽見敲門聲，必定是賈科莫前來拜託，請他們重新點燃他那被風吹滅的燭火。

那些炙人酷熱的夜晚，他總在書堆裡度過，在書庫廊道穿梭，瀏覽書架上的圖書，心醉神迷。驀地又停下腳步，蓬頭散髮，眼神專注炯亮，抖著手撫摸發燙潮濕的木製書架。

他會取下某本書，翻動書頁，輕觸頁面，端詳燙金、封面、鉛字、油墨、摺痕，以及「全書完」一詞的配圖，接著走向手稿區，探望這些寶貝孩子們。他會拿起最古老、破舊、髒汙的那本，深情幸福地凝望羊皮紙，嗅聞神聖可敬的灰塵。喜悅及驕傲撐開他的鼻孔，嘴角也泛起微笑，然後他給書換個位置，將它移到較高的書架，再待上整整幾小時，只盯著書名及書本看。

喔！這男人幸福極了！幸福地坐擁書堆，幸福地置身於他得費力理解的精神層面及文

1霍夫曼（E. T. A. Hoffmann, 1776-1822），德國律師、作家、作曲家、音樂評論人。在寫作方面，一生創作共五十多部中短篇小說、三部長篇小說，是德國浪漫主義代表作家，被視為兒童奇幻文學及歌德恐怖文學的先驅。

學價值的學問裡。他反覆顧盼燙金字母、破損書頁、褪色羊皮紙，熱愛這些學問一如盲人渴望日光。

不！他愛的並非學問本身，而是學問呈現的型態與方式。他愛的是書，貨眞價實的書！他愛書的氣味、書體及書名，他愛手稿裡經久難辨的日期、稀奇古怪的哥德字體、厚實的燙金線條。他愛布滿灰塵的書頁，每次大口吸入灰塵，就如嗅聞清甜淡雅的香水一般開心。他也愛美麗的「全書完」一詞，有時詞旁圍繞兩位腳踩緞帶的愛神，有時則在底下繪著噴泉圖，甚或寫於石碑圖或花籃圖上，受到玫瑰、金蘋果及湛藍花束的簇擁。

他幾乎不吃東西，也不睡覺，整個人瘋狂投入，日夜夢想心繫的，唯書一項。

他幻想皇家圖書館該是何等神聖、壯觀及美妙，幻想自己的藏書室能經營得像國王擁有的一樣大。試想，放眼望去，書庫走道寬敞，數不清的書令人眼花撩亂，那他將會多麼舒心、自豪、神采奕奕！抬頭是書，低頭是書，左邊、右邊，全是書啊！

在巴塞隆納，他被當成詭異可怕的人，有時也被視爲學者或巫師。

但他幾乎不太識字。

沒人敢同他搭話，因爲他臉色嚴肅蒼白，一副凶神惡煞樣，儘管他不曾碰傷過一個孩童，唯一可資證實的，只有施捨從未有過。

他保留所有金錢、財產，滿腔熱情都給了書本。他曾當過修士，爲了書，他拋棄上帝，不久，他又將人們除了上帝之外最珍視的金錢奉獻予書，再將金錢之外，人們最珍視的靈魂，也給了書。

尤其這段時間以來，他熬夜的時間越來越長，鄰人只見他夜裡書堆上點燃的燭火越來越慢熄滅，原來他新得了寶物：一份手稿。

某日早晨，一位薩拉曼卡城的年輕學生[2]走進賈科莫的書店，看起來很有錢，因爲他的兩名僕人正拉著騾子等在店門口。他頭戴天鵝絨軟帽，手上的戒指閃閃發亮。

然而他不像其他有僕人隨行、錦衣華服、腦袋空空的傢伙，總是一副趾高氣昂、不學無術的樣子。不，這名男子是位學者，還是位富裕的學者，意思是居住巴黎、坐在桃花心木桌前研究的學者。他擁有刷金邊的書、刺繡拖鞋、東方古玩、睡袍、金鐘，還有貓兒躺臥地毯打盹。總有兩、三名女子請他讀他的詩作、散文、小說，嘴上誇他：您眞是才華洋溢，心裡只覺得他眞是個自大狂。

這位紳士彬彬有禮，一進門就向書商問好，深深一鞠躬，客氣詢問：

「老闆，您這兒可有手稿？」

2此指中世紀到文藝復興時期興起的「大學」學生，此類高等教育機構在當時以文學、法學、神學、醫學爲四大專業分科。

書商面有難色，結巴道：

「可是，大人，您是指誰的手稿？」

「沒有誰，我問問罷了。」

接著他將裝滿金幣的錢袋放在書商辦公桌上，面帶微笑，做出手裡握錢的人都會有的動作：把玩錢幣，把它們撥得噹啷作響。

「大人，」賈科莫答：「我的確有手稿，但不賣，我要留著。」

「爲什麼？留著有何用處？」

「閣下！爲什麼？」他氣得脹紅了臉：「有何用處？喔！不，您不懂什麼是手稿！」

「抱歉，賈科莫老闆，我懂。爲了證明這點，我敢說您這兒有《土耳其編年史》。」

「我？喔！閣下，您被騙了！」

「不，賈科莫，」紳士回應：「放心，我根本不想偷您的手稿，我向您買。」

「絕對不賣！」

「喔！您會賣的，」這位學生說：「手稿就在您這兒，荷希亞米過世那天賣出的。」

「好，沒錯，大人，我有手稿，那是我的寶藏、我的命！喔！您搶不走的！聽著，偷偷告訴您一個祕密：巴提斯托，您知道的，巴提斯托，住在皇家廣場那個書商，我的對手和敵人！嗯，他啊，沒買到，是我得到了！」

「您估計手稿值多少？」

賈科莫停頓許久，才得意地答道：

「兩百披索，閣下。」

他注視年輕人，感到勝券在握，那表情像在說：該走人了吧！這書這麼貴，但我絕不可能賣低於這個價。

他錯了，因爲對方指指錢袋，開口：

「裡面有三百。」

賈科莫臉色發白，差點暈倒。

「三百披索？」他重述：「但我是瘋子，閣下，四百我也不賣。」

學生笑了起來，翻找口袋，又拿出兩包錢袋。

「好，賈科莫，這兒總共五百。喔！不，你仍不想賣嗎？賈科莫？但我買定了。今天，即刻，我需要手稿，即使得賣掉我的定情戒、鑲寶石的劍、所有房產及豪宅，甚至我的靈魂！我需要這書。是，窮盡一切努力、不惜任何代價，非得到不可！因爲一週後，我在薩拉曼卡有場論文答辯，我需要此書，幫我晉升博士，再從博士成爲大主教，我要肩披紅袍，頭戴冠冕！」

賈科莫走近他，欽佩尊敬地望著，好像只有自己才懂他。

「聽著，賈科莫，」紳士打破沉默：「再說一個讓你發大財、心情大好的祕密。這兒有個男人，住在阿拉伯城區，手上有本書，書名是《聖米歇爾之謎》。」

「《聖米歇爾之謎》？」賈科莫歡呼一聲：「喔！謝謝，您讓我活起來了！」

「快！給我《土耳其編年史》。」

賈科莫跑向書架，卻在書架前驟然止步，臉色刷白，驚慌失措地說：

「但，閣下，我沒有啊！」

「喔！賈科莫，你的招數實在粗糙，眼神讓你的話露餡了。」

「唉！閣下，我發誓，絕無手稿！」

「你眞是個瘋老頭，賈科莫。拿著，這是六百披索。」

賈科莫終於取來手稿交給年輕人。

「請愛惜它。」他說這話的同時，對方已笑著離開，蹬上騾子對僕從說：

「你們知道主子我是個狂人，剛騙倒一個蠢蛋，一個暴躁的傻瓜修士！」他笑著直言：「他眞以為我打算當教皇！」

可憐的賈科莫傷心沮喪，發燙的額頭貼著書店玻璃門，嚎啕大哭，悲痛欲絕，目送紳士粗魯的僕人帶走他寶貝鍾愛的手稿。

「喔！該死！惡魔！該死！死一百次都不夠！你偷走世上我最愛的東西！喔！我活不

下去了！我知道他騙我，賤人！他騙我！果真如此，喔！我要報仇！得趕去阿拉伯城了，萬一那人要價過高，我付不起呢？該怎麼辦？喔！那我只好一死了之！」

他揣著剛才學生留在辦公桌上的錢，快跑出門。

行經街頭，他對周遭一切視而不見，眼前種種猶如幻影，是一團他無法理解感受的謎。他對路人的腳步聲、車輪滾過鋪石路的聲響充耳不聞，所思、所夢、所見唯有一事：書。他想著《聖米歇爾之謎》，想像書的樣子：大張輕薄的羊皮紙，燙金字母裝飾其上。他猜起書本該有的頁數，心跳劇烈，猶如等待被處決之人。

終於，他到了目的地。

學生沒騙他！

一張破洞累累的舊波斯地毯鋪在地上，上頭擺著十幾本書，旁邊一名男子睡著了，像他的書一樣躺著，在太陽底下打呼。賈科莫沒找他交涉，跪下開始掃視書背，眼神焦慮緊張，不久後起身，臉色慘白、垂頭喪氣，大聲喚醒書販，問道：

「欸，朋友，您這兒沒有《聖米歇爾之謎》嗎？」

「什麼？」書販睜大眼說：「您問我有哪本書嗎？自己瞧啊！」

「笨蛋！」賈科莫頓足道：「除了這些，你還有別的書嗎？」

「有，您看，還有那些。」

他指著一小包用繩子捆住的書冊，賈科莫扯斷繩子，快速瀏覽書名。

「見鬼！」他說：「不是這個！你該不會賣忘了？喔！如果還在你手上，拿來，拿來！一百披索、兩百披索，你要多少都給！」

書販驚訝地望著他，回道：「喔！你提的大概是我昨天賣掉的小書，八個瑪哈菲蒂幣，賣給奧維耶多教堂的神父了。」

「你記得書名嗎？」

「不。」

「該不是《聖米歇爾之謎》吧？」

「對，正是。」

賈科莫離去，走沒幾步，竟如遭幽靈折磨、疲累不堪的人一般，就此倒落塵土。等他轉醒，已近黃昏，夕陽染紅了天邊。他起身返家，難過絕望。

過了一星期，賈科莫還忘不了那深刻的失望，傷口依舊疼痛淌血。三天前，他開始睡不著覺，大概因爲西班牙第一本印刷書的拍賣日即將來臨。全國唯一版本，他渴望已久，所以聽聞書主去世那日，他開心極了。

可是他又提心吊膽，害怕這件寶物可能被巴提斯托買走。好一段時間，巴提斯托不僅搶走他的老主顧，這倒沒什麼，更多的是搶下所有稀罕古老的文本！身爲鑑賞家，他恨極了，怨妒巴提斯托的聲譽，這傢伙是個心腹大患，手稿老是被他奪走。公開拍賣時，他總先抬價再得標！喔！可憐的修士每每做著雄心壯志的大夢，夢裡卻次次見到巴提斯托伸長了手，穿過人群，逼近自己，如同拍賣的那些日子，奪取他夢想許久、思慕渴求、急欲獨占的寶物。多少次，他打算動用私刑做個了結，但那需要錢，還得沉得住氣，他只好壓下這個念頭，極力忘卻對那人的憎恨，在書堆裡睡去。

天剛亮，他就抵達即將舉行拍賣會的房子，來得比拍賣商、群衆及太陽都要早得多。門一開，他奔上樓，進入大廳，問起那份書稿。人家指給他看，光是這樣他就已幸福無比。喔！他從未見過如此美麗、如此使他滿意的書，那是拉丁文版的《聖經》，附希臘文註解。他觀看欣賞此書的時間比任何人都久，目光緊攫書本，頻頻苦笑，猶如快餓死之人盯著黃金不放。

他從來沒有如此渴望過，喔！他多麼想要這書，甚至不惜付出全部財產、藏書、手稿、六百披索、鮮血爲代價！喔！他太想得到了！願意變賣所有，但求此書，唯他才有，獨獨屬於他，然後向全西班牙展示，掛著輕蔑同情的笑容，對國王、王子、學者、巴提斯托說：「我的！書是我的！」並且一輩子將書捧在掌心。撫摸書的同時，書彷彿也觸碰著自己；品味書的同時，書彷彿也感受著自己；擁有書的同時，書彷彿也回望著他！

終於，拍賣時間到了，巴提斯托坐在中間，神色從容，態度平和。輪到拍賣該書時，賈科莫率先喊價二十披索，巴提斯托未出聲，視線也不在《聖經》上，修士已經伸手準備取書，看來沒費太多心力錢財，結果巴提斯托突然開口：「四十。」

賈科莫厭惡地看了對手一眼，隨著喊價越高，對手越是興致勃勃。

「五十！」賈科莫用盡全力叫道。

「六十。」巴提斯托回應。

「一百！」

「四百。」

「五百！」修士懊惱地加價。

他氣急敗壞，大力跺腳，巴提斯托故作鎮定，表情嘲諷且惡毒，拍賣員用尖銳顫抖的聲音重複三次「五百」，賈科莫就快得到幸福了，然而那名男子嘴裡吐出的話語卻令其昏厥。皇家廣場的書商擠在人群裡，開口：「六百。」

拍賣員連喊了四次六百，再無人應聲出價。只見桌子那頭，一名男子臉色發白，雙手顫抖，猶如但丁筆下煉獄裡的罪人那般。他笑得悲涼，低著頭，把手伸進胸口衣襟，手再伸出時，又熱又濕，指尖沾著破皮及鮮血。

書本經過衆人的手，傳給巴提斯托。傳到賈科莫面前時，他嗅到書香，書隨即離開眼前，停留在一名男子手上。那人笑著翻開書，至此修士低下頭，藏住臉，因爲他哭了。

過街回家時，他的步伐緩慢，表情怪異呆滯，舉步維艱，模樣滑稽可笑。他像醉漢一般搖搖晃晃，雙目半閉，眼皮紅腫發燙，汗水流下額頭。喃喃自語的模樣，猶如宴席上喝多了或吃撐了的人。

他無法思考，失魂落魄如行屍走肉，漫無目的、意志消沉、魂不守舍、遲鈍古怪，頭顱沉重得像灌了鉛，前額發燙如炭火燒灼。

是的，他的感官是醉了，只覺得日子過得好累、活得好煩。

這天是禮拜日，人們上街散步，一起聊天歌唱。可憐的修士在街頭聽著談話與歌聲，卻只接收到殘言斷語、零碎響音。他聽來都是一樣的聲音、一樣的語調，鬧哄哄的喧嘩、怪異吵雜的音樂在他腦袋裡嗡嗡作響，教人難受。

「嘿，」一人對鄰居說：「你聽說了奧維耶多教堂那可憐神父的事嗎？他被人勒死在床上！」

一群婦人在家門口乘著晚風納涼，賈科莫經過時正好聽到這話。

「說到這個，瑪塔，薩拉曼卡城有位多金年輕的貝納德先生，你知道他嗎？那人前幾天來這兒，騎著一頭漂亮的黑騾，鞍轡精良，騾子前蹄直蹬著石子路走！唉，可憐的年輕人，今早我在教堂聽人說，他死了！」

「死了？」一名少女問。

「是啊！小姑娘，」婦人回答：「就死在聖皮耶旅館，他先覺得頭疼，後來發起燒，四天後就給埋了。」

賈科莫又聽了其他說法，再想起這幾日發生的事，不禁渾身打顫，嘴角閃現一絲殘酷的笑。

修士到家後，疲憊虛弱，就地躺臥辦公室椅凳下睡著了。他頓感胸悶氣結，喉頭發出嘶啞的聲音，醒來時發起高燒，可怕的噩夢使他精疲力竭。

夜已深，附近教堂剛敲過十一點鐘，賈科莫聽見有人大叫：「失火了！失火了！」他打開玻璃門，走上街，果眞見到幾處屋頂上燃起火光。他返家，拿了燈準備去書庫，又見一些人從窗外跑過，口裡喊著：「在皇家廣場那兒，巴提斯托家失火了！」

修士身體一震，心底放聲大笑，隨即跟上人群，往書商家移動。

房子著火了，火勢猛烈竄高，風吹助長下，烈焰直衝西班牙的美麗藍天。這片天籠罩住躁動喧囂的的巴塞隆納，彷彿面紗遮掩滾滾淚珠。

人們只見一個半裸男子，萬念俱灰地抓扯頭髮，一邊倒地打滾，一邊咒罵上帝。他呼天搶地，既憤怒又絕望，那是巴提斯托。

修士冷眼旁觀他的絕望與怒號，幸災樂禍、惡毒地笑著，像孩子嘲笑被自己拔掉翅膀的蝴蝶在受苦。

大家眼睜睜看著大火燃燒，襲向屋子樓上數綑紙稿。

賈科莫搬來梯子，靠向被煙燻黑、搖搖欲墜的牆。他蹬上晃動的梯子，連跑帶爬攀上窗口，該死！只有幾本圖書館有的舊書，一文不值、敝屣之物罷了！怎麼辦？他已進入屋內，這下是該衝進灼熱濃煙裡，抑或爬下開始發燙的木梯？不！他只願前進。

他穿過幾間廳室，腳下的地板不住震顫，門板欺身塌落，梁柱懸垂頭頂。他在大火中奔跑，氣喘吁吁，意志高昂。

非得到那書不可！一定要！否則他寧願去死！

他不知跑向何方，只管不停跑著。

最後來到一面未受損的隔間牆板前，他一腳踹破，發現有個陰暗狹小的房間。他摸索著，指尖碰到幾本書，他摸到一本，取走帶出房間。是它！是《聖米歇爾之謎》！他往回走，如瘋癲之人，躍過窟窿，在火海裡飛奔，結果找不著剛才那把靠牆放的梯子，只好找扇窗爬出去，雙手雙膝緊扣歪斜的牆面向下爬。他的衣服開始著火，一落地，他立刻滾進水溝，好撲滅身上的火焰。

過了幾個月，再沒人談起賈科莫，除非他像那些怪裡怪氣的人。因爲不懂那種人的狂熱與怪癖，人們總在大街上嘲笑他們。

當時全西班牙正在關注其他更嚴重麻煩的事，惡靈似乎壓著西班牙不放，每天都發生凶殺案及各種犯罪。一切彷彿出自某隻躲起來的隱形之手，家家戶戶都像屋頂上被掛了匕首一般，人人自危。有些人突然失蹤，卻找不到任何受傷噴濺的血跡，有些人出門旅行一去不返，人們不知這些可怕的災難該歸咎於誰，因爲不幸必定是陌生人造成的，自己帶來的都是好運。

的確，人生中，若逢倒楣透頂、悲慘到不知誰把厄運壓在自己頭上的日子或時期，人們總會吶喊問天。畢竟對他們來說，悲苦難熬的時候只能相信命數了。

警方如火如荼地辦起案來，爲了找出罪魁禍首，認真雇請線人潛入每間屋子，一字不漏地竊聽、留意每句驚呼、不放過任何眼神，卻什麼也偵察不到。

檢察官拆閱所有信件、破壞火漆封蠟、搜查各個角落，同樣一無所獲。

直到某日早上，巴塞隆納終於可以脫下喪服，群眾擠進法院，爭睹犯下這一連串可怕謀殺案的凶嫌被判處死刑。人們藏著淚，笑到抽搐，因爲當人受苦流淚時，惟有見他人也受苦流淚，才能得到安慰。這很自私，但事實如此。

可憐的賈科莫，平靜鎮定，被指控縱火燒毀巴提斯托家、盜取《聖經》，還犯下其他許多罪行。

他就這麼端坐謀殺與強盜犯的座席，這位老實的藏書家，可憐的賈科莫，一心想著他的書，卻因此與謀殺玄案及斷頭台扯上關係。

審判廳擠滿了人，檢察官終於起身宣讀報告，冗長雜亂，幾乎分不清主要犯行、附帶說明與見解。檢察官表示，他們於賈科莫家中尋得屬於巴提斯托的《聖經》，因爲這書全西班牙只有一本，故很可能是賈科莫放火燒毀巴提斯托的住處，以奪取這本稀世珍書。語畢，檢察官重新入座，有點上氣不接下氣。

至於修士，依舊平靜鎮定，甚至對衆人投來辱罵的眼神毫無反應。

他的律師起身，費了一番時間辯述，條理分明，直到他認爲已經打動聽衆，才掀起律師袍，取出一書，並翻開示衆，是那本《聖經》的再刷版。

賈科莫大聲驚呼，跌坐椅子，拉扯頭髮。這一刻至爲關鍵，大家全等著被告發言，被告卻不發一語，最後，他坐回被告席，望著法官與律師，像一個剛睡醒的人。

庭上問他是否至巴提斯托家犯下縱火罪。

「唉呀！沒有啊！」他回答。

「沒有？」

「你們要判我罪？喔！判吧！拜託！我活得好累，我的律師欺騙你們！別信他！喔！快定我罪吧！我殺了貝納德先生、殺了神父、偷了書，唯一版本！因爲西班牙沒有第二本！大人們，處死我吧！我是個壞蛋！」

律師走向他，給他看手上那本《聖經》：

「我可以救您，您瞧！」

賈科莫拿來一看。

「喔！我以爲西班牙只有一本！喔！告訴我，告訴我你騙我的！你該死！」

他昏倒了。

法官回席後，宣布判他死刑。

賈科莫聽完判決，並未發抖，似乎更加冷靜泰然。人們告訴他，若他向教皇求情，或許有希望得到寬恕，但他毫無此意，只求將他的藏書室送給全西班牙最多藏書的人。

待聽衆散去，他拜託律師行行好，把那本《聖經》借給自己看看，律師於是遞書給他。

賈科莫深情地接過書，掉了幾滴淚在書頁上，接著氣得撕毀它，將碎片丟到辯護律師臉上，說道：

「你說謊，律師先生！我明明白白告訴過你，西班牙就只有那麼一本！」

狂人回憶

Mémoires d'un fou

一八三八年——

親愛的阿弗德[1]，這些篇章，獻給你：

篇章裡藏有一副完整的靈魂，是我的靈魂嗎？抑或是另一人的？原先我想寫一部關於內心世界的小說，小說裡的懷疑，終被逼成深深的絕望，但，寫著寫著，個人觀點已經貫穿整篇故事，靈魂既能驅動筆桿，亦能毀滅筆桿。

因此，我寧願讓一切成謎，留待猜想。我想你一定不會這樣。

不過，或許你會認為某些地方的文字太過矯作、配圖莫名晦暗，請記得這是由狂人所寫，如果描述情感的用詞常顯得過度，那也是因為面對心的重量，他不得不讓步。

再會，勿忘我，請多關照。

I

爲何要寫這些？寫了有什麼用？我自己知道嗎？依我看，詢問別人行事或寫作的動機實在很愚蠢。那麼各位知道自己爲何翻開這本將由狂人親筆寫下的悲慘書頁嗎？

狂人，令人害怕，那麼各位讀者又是誰呢？諸位把自己歸在哪一類？笨蛋類或狂人類？若讓各位選，虛榮心會使各位選擇後者。沒錯，我的確想再問一次：一本書，無教育意義也不有趣，既無關化學、哲學、農業或悲歌，亦提不出什麼養羊或滅蚤的對策，談的不是鐵路、證券交易所、人心私隱、中世紀服飾、神祇、惡魔，只談一個狂人，是個在天空旋繞好幾世紀、跨不出半步的大傻瓜，吼叫、垂涎、撕扯自己，這樣的書，寫來何用？

其實，各位會讀到什麼，我知道的不比大家多，因爲這完全不是按固定模式或經事先

1阿弗德（Alfred Le Poittevin, 1816-1848），法國律師、詩人，與福樓拜一家關係密切，彼此以雙方父親爲教父。阿弗德的妹妹蘿荷（Laure）後與古斯塔夫・德・莫泊桑（Gustave de Maupassant）結婚，兩人的兒子即爲法國文豪居伊・德・莫泊桑（Guy de Maupassant）。

規劃、按部就班，讓思緒在筆直的路上高潮起伏的的小說或劇本。

它只是想到什麼寫什麼，念頭、回憶、印象、幻夢、隨想，所有心靈經歷過的，笑與哭、白與黑。嗚咽總先發自心底，如麵團般慢慢揉開，才哭出聲來，眼淚摻著唯美隱喻，潸然而下。不過，想到即將寫斷一堆鵝毛筆尖、用光整瓶墨水來令讀者及我自己厭煩，心情就很差。我太習於嘲諷、懷疑，因而讀者在我的作品中，從頭到尾，總能找著沒完沒了的笑話，而愛笑的人，最終也將取笑作者並自嘲。

人們尚可從這本書讀到該如何信服世道風俗、人情義理、德行與博愛，若我有這些美德，我想叫人刻上靴子，讓世間萬物，無論低微的、迷你的、匍匐的或逐水生活的都能見到，並謹記在心。

書裡全是可悲狂人寫著玩的東西，若以為能讀到其他，那就錯了，我就是個狂人！大家呢？諸位或許是新婚之人或者剛還清債務之人吧？

II

所以我將動筆書寫自己的人生。好一個人生！倒是我活過嗎？我年輕，臉上沒有皺紋，心中沒有熱情。喔！多麼平靜，看上去如此祥和幸福、靜謐單純。喔！是的，靜悄悄的，像座墳墓，靈魂正躺在裡面，跟屍體沒兩樣。我幾乎沒活過，跟世界一點也不熟，意思是我沒交過情人、沒受人崇拜過、沒傭人也沒馬車，我就像人說的不曾融入社會，總覺得社會僞善浮誇，充斥虛假、無趣與做作。

然而，我的人生不在於發生何事，我的人生，其實在於我的思緒。

那麼帶著我走到現在的思緒又是什麼呢？這個年紀，大家都笑著、沉浸幸福、結婚、相愛，大部分人沉醉於情愛或成就。宴會上，燈光閃耀、杯觥交錯，爲何只有我，孤獨孑然？任何靈感、詩歌都激不起熱情，我覺得自己快死了，苦笑著等自己慢慢嚥氣，如同那享樂主義者割開血管，泡進香氛浴池，笑著死去，或像一個喝得爛醉離開宴會的人那般疲憊不堪。

喔！這樣的思緒長久不散，猶如七頭蛇，從四面八方啃噬我，有哀傷悲痛的思緒、哭泣小丑的思緒、哲學家的思緒……

喔！是的！我這輩子，多少時間在思考與懷疑中流逝，既漫長又單調！多少冬日，我低頭望著柴火餘燼，在夕陽微光映照下泛白；多少夏夜，我在田野迎著黃昏，觀看雲彩消散，微風吹得麥稈彎身，傾聽林木窸窣，傾聽入夜後大自然的嘆息！

喔！童年的我多麼愛幻想！當時的我，還是個胡思亂想、見解模糊的可憐狂人！我常盯著水流經樹叢，枝幹斜倚，綠葉茂密，繁花隨意飄落。我也喜歡窩進小床，注視深藍天邊的一輪明月，月光照亮我的臥室，在牆上繪出奇特形狀。若遇和煦陽光或白霧繚繞、繁花滿樹、雛菊盛開的春日早晨，更感心醉神迷。

我也很喜歡看海，那是我最溫馨美妙的回憶，潮水一波又一波襲來，浪花碎成泡沫，在沙灘上散開，又怒吼著越過碎石與貝殼退去。

我在礁岩上奔跑，抓起一把海沙，讓沙從指縫間隨風流瀉。我把海藻丟回海裡，大口吸飽海邊清涼的鹹味空氣，這空氣能讓你精力充沛、心曠神怡、思緒大開。望著這片浩瀚無垠，我的靈魂跟著沉落無邊天際。

喔！那不僅是無邊天際，根本是個巨大漩渦！喔！不，眼前是更大、更深的無底洞！這個漩渦風平浪靜，若颳起暴風，勢必海水滿溢，但它卻空空如也！

我很快樂，愛笑、愛生活、愛我的母親，可憐的母親！

還記得我的小樂趣，喜歡見馬匹在路上奔馳，呼著熱氣，汗水浸濕馬鞍，喜歡馬兒規律有節奏地小跑，車廂也跟著搖搖晃晃。然後，馬車停下，田野悄無聲息，只見馬兒鼻孔裡噴著熱氣，搖晃的車身因有彈簧支撐，依舊穩固，風吹著車窗，如此這般……

喔！我還睜大眼睛留意盛裝參與慶典的人群，歡欣嘈雜、大呼小叫、人海洶湧，比暴風雨猛烈，更比狂風怒雨來得莽撞。

我還愛戰車、戰馬、軍隊、戰袍、擊鼓聲、作戰聲、火藥及行駛於城裡鋪石路的砲車。

小時候，我喜歡看東看西，少年時期，喜歡多方感受，成年後，什麼都不喜歡了。

然而，多少事，埋藏我心，多少內在的力量、憤怒與情愛的浪潮，在這顆脆弱、衰敗、疲累、枯竭的心裡相互碰撞、粉碎毀滅！

有人叫我重拾人生，融入人群！……但折斷的樹枝如何結果？被風扯下吹落塵土的葉子如何再綠？為何那麼年輕，卻有這麼多痛苦？我究竟知道什麼！也許我註定要這麼活著，還沒挑過重擔就累了，還沒起跑便已氣喘吁吁……

我曾經充滿熱情，忙著讀書、工作、寫作……

喔！那時的我多麼幸福！思緒奔放，天馬行空，高飛至無人之境。那兒沒有人、沒有行星、沒有太陽，我擁有無限寬廣，或許，甚至超越上帝擁有的。在那兒，詩句被哄著，在愛與讚嘆的氛圍裡展翅，從至高境界降落文字世界。該如何讓言語忠實呈現詩意呢？

讓文句服膺於巨人的思想，好比一隻有力的手，不停膨脹壯大，最後撐破戴著的手套一般——該如何才能達成呢？

那兒依舊只有失望，因爲落了地，接觸冰冷的地面，火全熄了，力量轉弱，詩句從無限步下實際，走過哪些階梯呢？思緒如何不在逐漸下降的過程中崩解？又該如何縮小那擁抱無限的巨人？於是，我陷入憂傷絕望，覺得被自己的力量摧毀，也爲自己的軟弱感到羞愧。畢竟言語不過是思緒傳來的回音，遙遠而微弱，我詛咒起自己最珍視的夢想，詛咒自己在創作的極限裡默默耗去的時間，某種空虛與貪婪正折磨著我。

寫詩讓人好累，我躲進思考的地域。

原本，我熱中以人爲對象、試圖解讀人的偉大研究，這得剖析各類假說、討論最抽象的假設，以精確嚴謹的方式斟酌最空泛的字眼。

人，是一粒被未知之手拋上天際的細沙，是一隻指掌無力的小蟲，在深淵邊緣，拚命想站穩枝幹。人懷抱道德、愛情、野心，把一切變成道德規範以利遵守，人緊抓上帝，然而總是無以爲繼，一鬆手，便直直下墜……

人希望理解不存在的東西，於是在虛無中找答案、建學問；人是按上帝模樣所造，但聰明才智只有一小段草莖那麼長，連塵埃大小的問題都解決不了！而我因懷疑一切，已疲憊不堪。我雖年輕，心已衰老，心頭布滿皺紋，看到有些老人依舊神采奕奕，滿懷熱情與信仰，我只能對自己苦笑，這麼年輕，已看破人生、愛情、榮耀、上帝、所有存在或可能存在的東西。然而在擁抱虛無的信念前，我難免恐懼，我站在深淵邊緣，閉上眼，跌落。我很高興，不必再墜落，我像一塊墓碑，冰冷平靜，我以爲能在懷疑中找到幸福，眞是瘋了，那只是在無窮盡的空虛裡打轉罷了。

這片空虛遼闊無邊，稍微靠近就令人寒毛直豎。

我從懷疑上帝，延伸至懷疑道德。道德，是不堪一擊的念頭，雖然每個世紀總能靠法律這款鷹架撐住，但依舊搖晃得厲害。

關於這乏味靜思的生活，以後我會全盤告知各位。這些日子裡，我總在壁爐邊，盤起手臂，因無聊不住地打哈欠。整天下來就一個人待著，有時移動目光，看看隔壁屋頂上的積雪，看看夕陽餘暉，或看看房間地板，或望著一顆蠟黃的南瓜頭，缺牙掉齒，終日在壁爐上扮鬼臉。這就是生活的寫照，人生好比那顆頭，冷酷又嘲諷。

不久後，也許各位將讀到這顆備受打擊、磨難的心所經歷的種種痛苦，也將讀到一種非常安穩、普通、情感氾濫卻毫無作爲的生活經歷。

而各位會跟我說，嘲弄與譏笑根本不存在，然後聊起學校歌頌的、書本陳述的，人們所見、所聞、所談的，和所有存在的事物……

我的痛苦多到一言難盡，好吧！但願到頭來，這一切都與同情、縹緲、虛無無關！

III

我十歲上中學，入學後很快就對人類深惡痛絕，兒童社會與其他小團體社會、成人社會一樣，對受害者都很殘酷。

如同校外的人群，兒童社會也不公平，同樣由偏見與暴力主導。儘管人們總說年輕人沒私心又講義氣，其實照樣自私自利，在那些愛給人下定論的傢伙口中，年輕這個時期，就是瘋狂與作夢、詩意與蠢笨的同義詞。我的興趣全被壓抑，上課時，不能有自己的想法；下課時，喜歡獨處也不行。從那時起，我就成了狂人。

因此，我的學校生活孤單無聊，受老師關切、被同學取笑，我生性獨立、愛開玩笑，而我尖酸刻薄、口沒遮攔的嘲諷，不僅閃不開隨便一位同學的欺侮，也躲不掉集體霸凌。

我還能看見自己坐在教室課椅上，正沉浸於未來的夢想，思索著以孩子來說，所能想出的最了不起的夢想，這時老師卻嘲笑我的拉丁詩文，同學們望著我發出冷笑。這群笨蛋，笑我！自己那麼差勁、平庸、腦袋格局狹窄，而我，可是將全副心神浸淫於創作極限，陷入詩詞文字的世界，我覺得自己比他們強多了！我得到無窮的樂趣，與自己靈魂深處坦誠相見，這一切都太令人沉醉！

我覺得自己很懂人類，而我的思想，若和雷電一樣，都源自熾火，那麼自有化成灰燼的一天，可憐的狂人！

我望見自己年紀輕輕，二十歲就光環加身，幻想自己遠行南方國度，去東方看看。我彷彿親見其遼闊沙漠及掛有銅鈴的駱駝走動的皇宮，看見母馬奔向陽光染紅的地平線，看見湛藍波浪、清朗天空、銀色沙灘，聞到南方溫暖海水的香氣。這時，在我身旁，一處蘆薈寬葉的綠蔭下，就會有頂帳篷，帳篷裡某個棕色肌膚、目光灼熱的女子，抱著我，對我說一堆下流話。

陽光貼服沙地，母駱駝和母馬睡著了，蟲子繞著牠們的乳房嗡嗡叫，晚風從我們身旁輕掠而過。

夜幕降臨，銀色月亮映照沙漠，灑落淡淡月光，群星閃爍夜空。這夜，炎熱芬芳，靜謐無聲，我幻想無止盡的歡愉及滿足降臨。

慶賀榮耀的掌聲響起，號角聲響徹雲霄，桂冠、金粉隨風拋擲，這座輝煌的劇場，有盛裝打扮的女人、光彩璀璨的寶石、悶熱的空氣、起伏喘氣的胸脯。接連而來是宗教式的冥思、如火災般毀滅性的言語、淚水、歡笑、嗚咽、榮耀帶來的沉醉，群眾頓足、熱情呼喊，怎麼！全是虛榮、鼓譟及過眼雲煙。

童年時期，我夢見愛情；年輕時，夢見榮耀；成人後，夢見墳墓，那是不再擁有愛之人的最後寄託。

我也看見某些消逝的古老世紀，看見睡在雜草裡的民族，看見一群朝聖者與士兵前往耶穌受難地，滯留沙漠，快要餓死。他們哀求正要去找的上帝，或謾罵褻瀆，罵累了，仍得繼續朝無邊無際的地平線走去。疲憊、喘氣的他們，總算抵達旅程目的地，在絕望與衰老下，就爲了親吻幾塊枯石，表達世人的敬意。

我見到騎士騎著同樣身披盔甲的戰馬奔馳、在比武場上以長矛刺殺、降下木橋迎接領主，領主帶回染血的劍及綁在馬臀上的俘虜。到了夜晚，昏暗的教堂裡，整間殿堂裝飾百姓獻奉的花環。他們爬上拱頂或待在廊道頌唱，燈火照耀彩繪玻璃，而聖誕夜，整座古城的尖屋頂覆蓋白雪，閃閃發光，歌聲不絕於耳。

但我喜歡的是羅馬，神聖尊貴的羅馬帝國，這位美麗的皇后，在宴飲間打滾，大口飲酒弄髒黃袍，對自己的墮落比對自己的美德還自豪。尼祿！乘著寶石馬車馳騁競技場、擁有千輛馬車、喜歡老虎及奢華宴席的尼祿，我想的跟課文相差很遠，腦子裡只記得你的荒淫無度、血淋淋的火炬、放火取樂、燒毀羅馬。

我在幻想的波濤裡浮沉，夢想著未來，我的思緒如脫韁野馬，冒險犯難，帶領我橫越湍流、攀登高山、翱翔天空。整堂文學課，我撐著頭，盯著教室天花板，或觀望蜘蛛在老師講台上織網。等我回神，瞪大眼睛時，大家都在笑我這全班最懶惰的學生，沒一個想法有用，對任何職業都沒興趣，將來出社會大概一無是處。畢竟社會上，每個人都得取得一席之地，總之，我鐵定沒出息，頂多去當小丑、馴獸師或做書的。

儘管我身強體壯，精神方面卻長期因這種生活及與他人相處而受害，導致我很神經質，暴躁易怒，像一頭遭昆蟲叮咬的病牛。我常做夢，都是可怕的噩夢，眞是悲哀討厭的時期！只見自己孤身一人，在校園的白色長廊裡晃盪，見貓頭鷹和烏鴉飛上教堂屋頂。偶爾夢見自己躺在陰暗宿舍，照明用的燈和燈油都結冰了。漫漫長夜，我聽著風聲蕭瑟，在成排空房裡迴盪，風吹過鎖孔，玻璃窗震個不停。我聽到巡夜的腳步聲，提著燈慢慢走，等到快靠近我身邊時，我假裝睡著，也眞睡著了，應該說，是半夢半哭著睡。

IV

夢裡全是足以把人嚇瘋的可怕景象。

我睡在父親房子裡，家具都還留著，唯獨我周邊的家具顏色有點黑。這個冬夜，雪光透進我的臥室，雪突然融化，林木顏色轉爲橙紅、焦黃，好似火焰般照亮窗戶。我聽見腳步聲，有人上樓，一陣熱氣混著惡臭直撲而來，房門自己打開了。有人走進來，很多人，也許七到八個，我沒時間細數。他們或矮或高，蓄著粗黑的鬍子，沒帶武器，但都咬著一把鋼刀。他們靠近我的睡床，圍成一圈，牙齒喀啦作響，非常可怕。

他們拉開白色床帷，指尖上還留有血痕，睜著沒有眼皮的大眼盯著我，我也回望，身體動彈不得。我好想大叫，覺得整座屋子被抬高了，像被木槓托起一般。他們就這樣盯著我許久，直到離開床前，我看見他們另一側臉，沒有皮膚，滲著血。他們拿走我全部衣服，每件都沾了血，他們開始吃東西，撕開的麵包流出血，一滴滴落下，他們笑了起來，像人死前的喘氣聲。後來，他們走了，凡他們碰過的東西，牆壁、樓梯、地板，全染紅了，我感到一陣苦味，好像吃了生肉。我聽見一聲拖長的尖叫，嘶啞尖銳，門窗緩緩打開，被風吹得搖晃碰撞，發出聲響，如一首怪歌，每聲呼嘯都像尖刀劃開我的胸膛。

另一處場景，是在一片綠草如茵、繁花遍布的田野，我和母親沿著河岸走，她跌下水了。只見河水翻騰，水渦越捲越大，接著突然消失了。

河水繼續流動，我只聽見河水流經燈心草、壓彎蘆葦的聲音。突然，傳來母親的呼喊：「救命！救命！喔，我可憐的孩子，救命！救我！」我趴在草地上拚命尋找，卻什麼也看不見。叫聲仍未停歇，一股無法抵抗的力量把我困在地上，我聽見那呼救：「我快淹死了！我快淹死了！救救我！」清澈的河水一味往前奔流，水底傳來的聲音把我逼進絕望與憤怒。

V

我就像這樣，愛幻想、無所顧忌，以超然於世、嬉笑怒罵的態度設定自己的命運，想像每一首充滿愛的生命之詩，同時活在十六歲孩子會有的回憶裡。我與中學生活格格不入，隨著與人相處又被冒犯，讓我一直深深厭惡高貴、有教養的人。這道理說來也奇怪，我從不喜歡規律的生活、固定的時程，時鐘的存在迫使思緒得因鐘響而暫停，世世代代的人，都這麼靠時鐘提早安排。這種規律可能適合絕大多數的人，但對一個沉浸於詩詞、作夢、幻想，滿腦子愛情和空話的可憐孩子來說，只是不斷將他從壯麗的夢境裡喚醒，沒留給他休息時間，反而再次帶他回到最害怕最討厭的唯物論氣層，害他窒息。

我躲到一旁，看詩集、看小說、寫詩，做些使年輕處男悸動心跳、渴望希冀的事情。我記得自己讀拜倫及少年維特時的狂喜，也記得讀《哈姆雷特》、《羅密歐與茱麗葉》及當代最扣人心弦的作品，總之就是所有使人快樂或興奮的著作時，是何等激動。因此，我從拜倫的書裡汲取養分，這出自北方的詩句，凜冽嚴寒，如浪濤迴盪不止。這些文集，我通常讀一次就記住，還能背誦出來，就像一首讓你陶醉的歌，旋律永難忘懷。

我不知說了幾次《異教徒》的開頭「沒有一絲風……」，或《哈羅德公子》[2]裡的「從前在古老的阿爾比恩」及「喔，大海，我永遠愛你。」

這些思想，獨一無二，法文譯本卻翻得乏味，擺出來只會被嫌棄，彷彿思想有自己的型態，無須靠文字呈現。

這些作品中熾熱的激情，配上極度深刻嘲諷的特色，勢必強烈影響容易感動且純眞的性格。

古典文學經典華麗，我從中獲取的所有反饋，只要是未曾經歷過的，對我而言，就是一股清新的香味、一種不斷牽引我的力量，引誘我靠近這些使人暈眩、使人跌入無底深淵的磅礡詩作。

因而，一如老師所指，我的品味與心緒皆已敗壞，在那麼多生性卑鄙的人裡，有獨立思考能力的我被視爲最墮落的一類，即使優秀卓越，仍被貶至最低一階。他們幾乎不讓我想像，也就是說，在他們看來，思想翻騰等於離發狂不遠了。

以上便是我踏入社會的過程，以及我從社會得到的評價。

2 《異教徒》（*The Giaour*）及《哈羅德公子》（*Childe Harold*）皆爲拜倫（Lord Byron, 1788-1824）的作品。

VI

即使有人詆毀我的思想與原則，卻打擊不了我的心，因爲我當時很善良，別人的苦難總能奪走我的眼淚。

我記得小時候，喜歡掏光口袋裡的資產，放進窮人口袋。只要我經過，他們迎接我的笑容就有多燦爛，我也因爲幫助他們感到無比開心。這種快樂，不知多久沒感受到了，因爲如今我變得鐵石心腸，眼淚早已乾涸。害我變樣變壞的傢伙倒大楣去吧！否則從前的我多麼善良純潔！文明世界的冷酷也倒大楣去吧！竟讓在詩歌與情愛之光照耀下生長的一切變得乾枯孱弱！這腐敗的老社會，引誘並耗盡一切！這貪婪的老猶太，終有消瘦萎靡、行將就木的一天！躺在他稱作寶藏的堆肥上死去，沒有詩人爲他唱哀歌，沒有教士替他闔攏雙眼，也沒有金子造墳修墓，因爲全花在罪惡上頭了！

VII

所以，這個因精神、肉體、靈魂皆荒淫無度而變質腐壞的社會何時終結？當那騙人、虛僞、人稱「文明」的吸血鬼一死，人間大概會愉快許多，人們將擺脫黃袍、權杖、寶石、倒塌的宮殿、頹圮的城市，重新與雌馬、母狼共存。曾在宮殿生活，走的都是大城市石板路的人，進了樹林只有死路一條。

大地將因熊熊烈火乾枯，烽火硝煙遍佈，浩劫如一陣狂風，吹襲人類，席捲大地，致使大地只能種出苦澀果實和帶刺玫瑰。下一代將在搖籃裡凋零，猶如被風吹倒的植物，還沒開花就死了。

因此，一切理應終結。因爲大地被予取予求，終將消耗殆盡，無極終將疲乏，縮小爲塵埃。吵鬧喧嘩擾亂至高無上的虛無，不斷轉手、磨損的黃金終將用盡，血腥味逐漸淡去，宮殿終將被藏匿的財寶重量壓垮，酒宴將歇，人們該醒了。

於是，待人們見到一場空，等求溫飽不成，得永遠忍受飢餓，甚至只能去死時，只有絕望大笑。一切終將爆裂傾倒，墜入虛無，有德之士將咒罵自己的德行，邪惡卻鼓掌叫好。

幾個仍在荒蕪大地晃蕩之人，彼此打招呼，朝對方走去，卻又害怕得後退，自己嚇自己，最終邁向死亡。所以，這曾比野獸凶惡、比爬行動物卑賤的人類下場爲何？永別了，光彩奪目的戰車、軍樂和名譽；永別了，這個世界，那些皇宮、陵墓、犯罪的快感、墮落的愉悅！巨石將猛然砸落，碎裂成塊，任由青草蔓生！皇宮、聖廟、金字塔、廊柱、國王的陵寢、窮人的棺材、狗屍，終將位居同等高度，倒臥草地之下。

於是，沒有堤防的大海靜靜拍擊海岸，浪頭淹過城市裡尙在冒煙的灰燼，樹木抽芽、變綠。折毀、破壞枝葉的手不再出現，河水將奔流於茂密草原，大自然隨興自在，用不著受限於人，人類終將滅絕，因爲從小就遭到詛咒。

我們的時代多麼悲哀古怪啊！這道罪惡的激流將流向哪片海洋？夜這麼黑，我們何去何從？有些人想替這生病的世界觸診，卻迅速收手，害怕腐敗侵入身體，翻攪自己的肺腑。

羅馬帝國自知末日臨頭時，至少還抱持一點希望，還能瞥見裹屍布後光芒四射、象徵永恆的十字架。這個信仰延續了兩千年，如今也油盡燈枯、力不從心、惹人訕笑，教堂逐一崩倒，墓地裡屍首堆到快滿出來。

而我們，我們又有什麼信仰？我們如此蒼老，卻仍像希伯來人一樣，爲了逃離埃及，跋涉沙漠。

應許之地會在哪兒？

我們什麼都試過，卻只能絕望地一一放棄，被奇怪的貪婪把持住靈魂與人性。巨大的焦慮啃噬我們，人群間徒留空虛，四周冰冷得像置身墳墓。

人類著手轉動機器，見黃金從中湧現，便高喊：「這是上帝！」然後吃了這所謂的上帝，乾下死前最後一杯酒！一切都結束了，再見！再見！

人人皆依本能衝擠推拉，如屍體上的蛆蟲萬頭攢動，詩人來不及刻下思緒，只能勉強謄寫紙上，任由紙張飛揚。化妝舞會裡、皇位及紙做的權杖下，燈火閃爍、喧囂嘈雜，到處都是金子，葡萄酒流淌著，放蕩荒淫無所謂地掀起衣裙，不住搖擺……太可怕！太可怕了！而後，一塊布巾遮掩一切，每個人抓緊一部分，盡可能地躲好。

可笑！可怕！真可怕！

VIII

有些日子，我感到非常疲倦，一股陰鬱煩悶像裹屍布一樣包覆我，如影隨形。屍布的摺痕令人難受、拘束，生命壓著我，似乎懊悔著什麼。我這麼年輕，就厭倦一切，有些人雖年老，依然保有滿腔熱情！而我，摔得太重，看得太透，又該怎麼辦？難道得在夜裡，望著月光灑落牆面，光影搖曳，猶如一片偌大樹葉，直至白天，望著陽光把鄰居屋頂染成金黃？這算活著？不，這叫死亡，或至少已然躺進墳墓。

獨處時，我有些小樂趣，童年回憶能讓身處孤獨裡的我打起精神，彷彿夕陽照進監獄柵欄：一件小事、一個微不足道的情境、落雨天、艷陽天、一朵花、一件舊家具，都能勾起成串回憶，紛至沓來，糾結混亂，再如黑影消失無蹤。

孩子們喜歡在草原玩耍，穿梭瑪格莉特花叢裡、花籬笆的後方，沿著結實纍纍的葡萄樹，踩踏褐色或綠色苔蘚，行經寬大的樹葉、清涼的綠蔭遮陽，一如我幼時寧靜愉快的回憶，而今卻彷彿凋謝的玫瑰從我身邊離去。

青春，熱血沸騰，天生搞不清楚這個社會及自己的情感，對愛情的心跳、眼淚及呼喊似懂非懂！年輕人的愛情，對大人是種諷刺！喔！愛情啊，經常帶著深淺不一的色澤前來，再你推我擠地逃開，恍如冬夜裡牆上奔跑而過的影子。我時常憶起久遠的美好時光，想得出神，那些瘋狂快樂的日子，開懷笑聲迴盪耳邊，心房依然砰砰跳著，欣喜雀躍，卻也引得我苦笑。有時騎馬馳騁，馬兒蹦跳、渾身是汗，有時漫步林蔭大道、做做白日夢，望著溪水流過砂石，或凝視美麗太陽發散萬丈光芒及赤紅光暈。我聽見馬兒噴著鼻息奔跑，水流潺潺、枝葉顫動，聆聽風吹彎了海一般遼闊的麥田。

其餘的回憶則像多雨的日子，憂鬱且冰冷，我也會想起苦澀殘酷的回憶，過往的苦難令人絕望哭泣好幾小時，接著強顏歡笑，驅趕藏在眼底的淚水及聲音裡的嗚咽。

我就這麼度日，過了好幾年，坐著什麼也不想，或什麼都想。我欲擁抱無極，卻也在無極裡消磨耗損，被無極吞噬殆盡。

我聽見雨水從屋簷集水溝裡滴落，鐘聲響起，彷彿泣訴什麼。我見夕陽西下，夜晚降臨，熟睡的夜使人平靜，然後白天又來了，伴隨一樣的煩惱，度過一成不變的數小時後，我開心地目送白晝消逝。

我夢想著大海、遠行、愛情、勝利，然而我的生命裡，這一切都夭折了，我還沒好好活過，已成了屍體。

哎呀！然而這一切並非針對我。我不羨慕別人，因爲人人都會抱怨命運壓負身上的重擔。有些人在生命終結前拋下重擔，有些人則一路背到最後，而我，該繼續背著嗎？

我勉強正視生活，內心卻十分憎惡，我把每道水果送進嘴裡，覺得好苦，吐出來，又餓得要死。這麼年輕就死了，絕望地倒進墳墓，無法確定能否安息，也不知道這種相安無事能否不受干擾！努力投身虛無的懷抱，卻懷疑是否被虛無接納！

對，我是死了，因爲，眼見過往如流水奔入大海，現時彷彿置身牢籠，未來像塊裹屍布，這叫活著嗎？

IX

有些對我衝擊甚鉅的小事，我會永遠記得，像燒紅的鐵留下烙印，儘管這些事普通又愚蠢。我永遠記得距離我住的城市不遠處，有座城堡，我們常去參觀，裡面住了幾位出生於上個世紀的老婦。城堡仍保留田園生活的舊物，我看過蓋滿灰塵的肖像畫、天藍色的男性服飾，牆上裝飾玫瑰花及石竹，還有牧羊女及羊群的圖樣，一切看上去陳舊陰暗。家具幾乎全是蠶絲刺繡，極具特色又柔軟舒適，老舊的房舍外圍，那一圈舊壕溝裡已種了蘋果樹，城垛的石頭不時剝落滾下。

不遠處有座種滿大樹的園子，小徑幽暗，石椅上青苔遍布，藏身枝葉、荊棘之中，早已半壞。一隻山羊正在吃草，有人開了鐵柵門，牠逃進樹叢裡。

天氣晴朗的日子，陽光穿過枝葉，將遍地苔癬染成金黃。

當風灌進磚砌的大煙囪，那呼嘯令我害怕，而入夜後，偌大的穀倉裡傳來貓頭鷹的啼叫，格外惹人憂傷。

拜訪那座城堡的日子裡，我們經常留到很晚，待在鋪了白色石板地的大廳，坐在大理石壁爐前，圍著年邁的女主人。我還能看見她那裝滿上等西班牙菸草的金製鼻咽盒、白色長毛哈巴狗，漂亮的高跟鞋包裹她小巧可愛的腳，鞋跟還繡了黑玫瑰裝飾。

那都是好久以前的事了，女主人已經過世，哈巴狗也死了，鼻咽盒在公證人的口袋裡，城堡變成工廠，可憐的高跟鞋被扔進河裡。

*

（停寫三星期後）

……我累到討厭繼續寫下去，我也重讀了前面寫的。

一個乏味之徒的作品能取悅大家嗎？

然而，我要努力使每一位讀者更加開心。

回憶，現在才眞正開始。

X

這些是我最溫柔也最痛苦的回憶，我是以非常嚴肅的心情書寫的。這些回憶是種激情，它們一直活在我的腦海，使我的靈魂發熱，曾令我的心淌血。心頭那偌大傷疤將永遠存在，但描述起我生命中這一篇章時，我彷彿正在挖掘心愛的廢墟，怦然心動依舊。

這堆廢墟年代久遠，人生邊往前行，地平線邊往後退，從當時起算至今，能發生多少事啊！因爲，日復一日，從早到晚，多麼漫長！過往卻飛快流逝，遺忘讓回憶的範圍縮至如此狹小。對我來說，一切彷彿鮮活再現，我還能聽見、看見枝葉顫抖，能找出她衣裙上最小的皺褶，耳邊好似傳來她的嗓音，猶如天使在我身旁歌唱。

那柔美純淨的聲音，令人陶醉，甘願獻上生命。這副嗓音，有血有肉，美麗性感，好似話語中蘊藏魔力。

要說出確切發生的年份，恐怕有點難度，但那時我很年輕，我想應該是十五歲，那一年我們去海水浴場……在皮卡第鎮，當地屋宇櫛比鱗次，黑色、灰色、紅色、白色的屋子四散搭建，既不成排也沒對稱，猶如成堆被海浪推上岸的貝殼砂礫。

幾年前，沒人去那裡，雖然海灘寬達兩公里，地點也不錯。倒是不久前，情況改變了，我最近一次前往時，見到許多工人和僕役，甚至有人建議在那兒蓋劇場。

當年的一切都很簡樸原始，除了藝術家或當地居民以外，海灘空蕩蕩的，幾乎沒人。退潮後，可見大片銀灰色沙灘在日光下閃耀，潮水剛退，還濕漉漉的。左邊，懸崖峭壁被褐藻染黑，補眠休憩的海洋懶懶地拍打崖壁；遠處，湛藍的大海在豔陽下低吼，如同巨人嗚咽哭泣。

等回到村子，才能見著最獨特熱鬧的景象：家家戶戶門口，張掛著因海水破損的黑色漁網，到處是裸露上身的孩子，他們走在一條灰色卵石路上，那是當地唯一有鋪石的路。水手們身穿紅藍兩色的衣服，在恩典、單純與堅定裡，一切都很簡單。若將這一切印成鉛字，那便是剛強與精力二字。

我常獨自去海灘散步，一日，偶然走到洗海水浴的地方，那裡離村子郊區不遠，不時有人過去，專門用作海水浴場，男女混在一起游泳。大家會在海灘上或家裡脫好衣服，把外套留在沙灘上。

那天，沙灘上放了一件漂亮的紅底黑條紋毛皮大衣。漲潮了，海浪沖上沙灘，留下花邊似的泡沫，一道較大的浪打濕了那件大衣的絲質流蘇。

我撿起大衣，放遠一點，大衣質料輕軟，是女人的衣服。

可能有人發現我的舉動，所以當天午餐時，大家都在我們下榻的旅館餐廳吃飯時，我聽見有人對我說：「先生，非常感謝您的幫忙。」

我轉過身。

是一名少婦，與她的丈夫坐在隔壁桌。

「謝什麼？」我問她，有點困惑。

「拿我的大衣。不是您嗎？」

「是我，夫人。」我不好意思地答道。

她望著我。

我垂下眼，紅著臉，好一個眼神，眞是！

這個女人，好漂亮。我回望那黑眉下，如太陽般盯著我看的熾熱眸子。

她的身材高䠷，皮膚呈褐色，一頭烏溜溜的秀髮紮成辮子垂落肩膀。她有著希臘式的鼻子，眼神熱情，高高的眉毛彎成美麗的拱形，膚色紅潤如金色絲絨，膚質薄透細緻，靜脈在紅褐色的項頸上蜿蜒，清晰可見。她的上嘴唇那棕色的細汗毛，爲她的臉增添陽剛與力量的氣質，使金髮美女們黯然失色。人們可能會挑剔她太豐腴，或者說疏於打扮，女人通常還會覺得她談吐不得體。她說起話來慢條斯理，聲音抑揚頓挫、悅耳溫柔，穿著白色針織的合身洋裝，露出手臂優美的線條。

當她起身離開時，戴上一頂綁帶帽子，單手繫好蝴蝶結。那手光看上去，就覺得肉感細嫩，是人們夢想許久、渴望親吻的手。

每天早上，我都去看她洗海水浴，遠遠注視浸在水中的她，羨慕輕柔平和的浪潮可以拍打她的肚腹，在她起伏的胸脯上披覆浪沫。我凝望她濕衣下的四肢輪廓，看到她的胸部鼓起，感覺到她的心跳，不由自主盯著她放在沙灘上的腳，目光停留在她的足痕裡，當海潮慢慢沖掉腳印，我幾乎要落淚……

當她往回走，經過我身邊時，我聽見水從她衣服滴落及沙沙的腳步聲，我心跳劇烈，低下雙眼，血液直衝腦門，逼得我快要窒息。我可以感覺到這女人半裸的身子，帶著海浪的芬芳，從我身旁走過。

就算我變得又聾又盲，我依然能猜到來者是她，因爲我內心某種既有的深刻與溫柔，讓我在她走過時，總會陷入痴狂與憧憬。

我相信，從海灘上我站的位置那兒，至今仍能看見海浪從四面八方席捲而來，碎裂、散開，泛起花邊似的浪花泡沫，還能聽見沖澡的人鬧哄哄的交談聲。而當她經過我身旁，我立刻聽見她的腳步、她的喘息。

我呆若木雞，彷彿看見維納斯步下底座走起路來，那是第一次，我動了心。我感受到某種神祕奇特的東西，一種前所未有的感覺，我陷入無盡的情愛溫柔裡，模糊朦朧的景象撫慰我，我一下子變得更強大、更有自信。我戀愛了。

戀愛，使人感到年輕、活力充沛。爲了感受大自然的律動在胸口跳躍，就需要這種幻夢、需要這種悸動，才能感到幸福！喔！一個男人的心第一次撲通跳動，第一次爲愛而跳！多麼甜蜜又奇妙！不久後，又將顯得多麼愚蠢可笑！好奇怪，這種失眠，竟帶給人滿滿的痛苦與歡愉，難道是虛榮心作祟？

……啊！難道愛情不過是種自傲？這無神論者敬奉的東西，是否不該認同？或者，應該予以嘲笑？

哎呀！哎呀！

海浪抹去瑪麗亞的腳印了。

起先，我處於一種驚訝與讚嘆混雜的特殊狀態，可說是非常神祕的感覺，一種不同以往的欲念。後來才感受到那瘋狂、憂鬱的熱情，在肉體與靈魂間流竄，隨後將其吞噬。

心，第一次感受跳動，我爲此震驚，此刻的我，猶如知曉自己能耐的亞當。

我很難說清自己希冀什麼，只覺得自己煥然一新、判若兩人，內心響起一個聲音。那不經意的動作、衣裙的皺褶、微笑、雙足、無意義的話語，都讓我深深感到不可思議，足以令我想像一整天。我跟蹤她至長牆角落，聽她的衣裙窸窣作響，我的心高興地直跳。那些她散步或朝我走來的夜晚，我聽著她的腳步聲……不，我不知如何向各位說明，愛情裡有多少柔情、心醉、幸福與痴狂。

如今的我，嘲笑一切，痛苦地相信生命的滑稽，但我仍感覺得到愛情。讀中學時，我便幻想過這樣的愛，卻從未經歷，之後眞正嘗到滋味時，我爲此痛哭、爲此狂笑，還深信這一切是多麼崇高，或者，是多麼可笑。

兩個被丟到世上的人，因偶然而相遇、相愛，這一男一女，爲彼此呼吸，夜裡一起散步，身上沾滿露水，觀看明月、欣賞繁星，感受皎潔的月光，用各種語調訴說我愛你、你愛我、他愛我、我們相愛……。兩人重複著嘆息、親吻，回家後，在無比強烈的慾望驅使下，發燙的胴體很快交纏結合，不住地狂吼或低吟，彼此都擔心會害世上多一個傻瓜、擔心多一個效仿他們的倒楣鬼。瞧瞧他倆，此刻比狗兒及都蒼蠅還笨，小心藏好獨獨屬於兩人的歡愉，避開注目，大概覺得這種幸福是種罪惡、慾望是種羞恥。

我想，人們會原諒我沒談柏拉圖式的戀愛，那是一種如同愛一座雕像或教堂的愛情、排斥任何忌妒與占有的理念。人與人之間應該不乏這種情感，只是我少有機會領受。崇高的愛情，但願有吧，不過也只是幻想，如同世上所有美好事物一般。

先在這兒停筆，因爲年輕人的純愛情懷不該毀在老頭子的嘲諷裡，讀者們，若有人對我說這番殘酷的話，我一定跟各位一樣火大，我相信女人都是天使……喔！莫里哀[3]以濃湯比喻女人，多麼有道理啊！

XI

瑪麗亞有個孩子，一個小女孩。大家都很喜歡她，搶著抱她，又親又摸的令她不耐。這襁褓中的嬰兒頭上，落下許多珍珠般的吻，真希望我也能得到，一顆都好！

瑪麗亞親自哺乳，有一天我見到她露出胸脯給孩子餵奶。

她的乳房豐滿渾圓，褐色的皮膚，炙熱肉體下的藍色血管清晰可見，我從未見過這樣裸露的女人！喔！一見這胸部，我陷入奇異的痴迷，直盯著不放，像要吞了什麼似的，滿腦子只想伸手輕撫！我想如果能湊上嘴，我一定發狂地咬，想到這一吻帶來的快感，我不禁心花怒放起來。

喔！我不知看了多久，那晃動的乳房、細緻修長的頸項、盤繞捲起的黑髮。她低下頭靠近吸奶的嬰孩，孩子在她膝頭上。她緩緩搖著，哼起義大利歌曲。

3莫里哀（Molière, 1622-1673），十七世紀法國喜劇作家、演員。

XII

我們很快有了進一步認識。之所以能說「我們」，是因爲我個人，已冒著會被她看穿心思的危險與她交談。

她的丈夫蓄著小鬍子，菸抽個不停，工作介於藝術家和推銷員之間，是個活潑友善的親切大男孩。他對菜色毫不隨便，我就看過他某次步行十二公里遠，走到最近的城鎮，只爲了找一顆甜瓜。他是搭乘驛站馬車，帶著狗、妻子、孩子及二十瓶萊姆酒，來到這裡的。

在海水浴場、野餐或旅行時，人們往往更容易交談，因爲都想互相認識一下，一件小事就能打開話匣子，天氣晴朗或陰雨尤其是最佳話題。人們扯著嗓門，抱怨住得不舒服、旅館伙食太糟糕，後者又更是個好題材；喔！桌布，髒死了！胡椒加太多、太辣了！啊！太可怕了，親愛的！

或者一起散步，因爲美麗的風景令人著迷：好漂亮！大海眞美！再說上幾句詩情畫意又浮誇的話語，來個兩、三種富哲理的想法，摻雜嘆息、深呼吸或輕輕吐氣。如果你會畫畫，就拿出你的摩洛哥皮革畫本，不然更妙的，壓低你的鴨舌帽，遮住眼，雙臂盤胸，假裝思考，其實是睡著了。

有些女人，我從一公里外就能嗅出她們的眞性情，只要從她們看海的樣子即可得知。眞該同情你們這些人，吃少少的，光醉心於懸崖峭壁、鍾情於田園、愛海愛得要命。啊！於是你們有趣極了，人們會說：迷人的小伙子！他的外套多漂亮！靴子好有質感！太優雅了！眞英俊！就是得這麼交談，人類天性就會使之群聚，膽子最大的就帶頭。生命源起之時，這種人創立了社會；時至今日，造就了聚會。

驅使我們首度交談的動機，大概與方才提及的一樣。

那天中午，天氣炎熱，儘管有遮雨棚，陽光依舊照進大廳。大廳裡待著幾位畫家、瑪麗亞和她丈夫，還有我，躺在椅子上抽菸、啜飲摻水的萊姆酒。

瑪麗亞抽著菸，或者說，即使受到一點點愚蠢的婦人之見影響，覺得不該抽菸，她仍喜歡菸草味（眞驚世駭俗！），她甚至遞香菸給我，我們談起文學。跟女人聊天，文學有講不完的題材，我會發表看法，滔滔不絕，慷慨激昂。瑪麗亞和我對藝術的感受完全相同，我從沒聽過有誰能以最單純、謙遜的態度去體悟藝術的。她用最簡單的語句，形容得活靈活現，尤其又那麼隨性優雅、慵懶從容，說她在歌唱也不爲過。

一天晚上，她丈夫提議去划船，當時天氣很好。

我們答應了。

XIII

碰到那種難以言喻的事，例如心中的想法、靈魂本身都不知的祕密等，該如何表達？我又該如何告訴各位，在那個夜晚，我的所有感受、思緒及愉悅？

那是個美好的夏夜，將近九點鐘，我們登上一艘小船，裝好船槳，立刻出發。月光灑落平靜無波的水面，風平浪靜，船划過的痕跡使月影搖曳。開始漲潮了，可以感受到第一波浪潮緩緩搖動小船，大家原本都沒說話。然後瑪麗亞開口了，我沒聽她說些什麼，只顧隨她的聲音狂喜雀躍，猶如身軀隨波搖晃。她就在我旁邊，我感覺到她的肩膀輪廓、觸到她的衣裙，她抬眼望向清朗夜空，繁星點點，如鑽石閃爍，倒映在藍色大海上。

見她抬頭顧盼，雙眸動人，這是天使吧！

我沉醉在愛裡，耳邊傳來規律划槳聲，波浪拍打船側，這一切觸動著我的心，我就這麼傾聽瑪麗亞溫柔清亮的嗓音。

我不知能否道盡她美妙的聲音、優雅的笑容、明媚的眼神，不知能否讓你們理解這致命的愛。那一夜，大海芬芳滿溢、潮水清澈，月色下沙灘銀白、星空閃耀、波浪美麗平靜，還有在我身邊的，這位女子，帶來世上所有的快樂、慾望、柔情與心醉。

這場夢，帶著眞實的愉悅不停流轉，我依從自己的情感，欣喜若狂地前進，醉心於享受心靈滿足的平靜、享受她的眼神、她的聲音，我難以自拔地翻找內心無窮渴望。

我多麼幸福啊！在降臨的暮色、散去的波浪、海岸邊，幸福隨處可見……

回程後，下了小船，我陪瑪麗亞走到家門口，一句話也說不出來。我好害羞，跟著她、想著她，聽著她的腳步聲，她進屋後，我望向她家被月光照亮的外牆，望了許久，窗裡透出燈光。走沙灘回旅館時，我不時回頭張望，直到燈滅，我告訴自己，她睡了，突然，一個念頭朝我襲來，又怒又恨，喔！不，她才沒睡。我內心如墮入地獄的罪人，飽受折磨。

我想起她的丈夫，那平庸又樂天的男人，眼前不禁浮現他那張討厭的臉，我像那些被關在籠裡、快餓死的人一樣，佳餚圍繞卻吃不到。

我獨自待在沙灘上，孤身一人。她不會想我的，眼見巨大的孤獨迎面而來，恐怕還有更可怕的孤獨，我像個孩子般哭起來。因爲她在那兒，在離我不遠處，幾步之遙，在那道我望眼欲穿的牆後。她就在那兒，美麗而赤裸，還有整夜的激情、歡愉的愛、忠貞的婚姻。那男人只須張開雙臂，她立刻順從入懷，她會靠上前，兩人歡愛擁抱，快樂、喜悅全屬於他。我的愛被他踩在腳下，這女子整個人都是他的，她的頭、頸項、胸脯、身軀、靈魂，還有她的笑、她的情話、她擁抱他的雙臂。他，擁有一切；我，一無所有。

我笑了，忌妒讓我產生猥褻怪誕的想法，我開始辱罵他們，把最尖酸的嘲笑加諸於他們身上。面對那些令我忌恨想哭的畫面，我強迫自己輕蔑以笑。

開始退潮了，隨處可見積滿水的大坑，月色下，銀光閃閃，海藻覆蓋濕潤沙灘。有些岩塊與海水齊高，有些岩塊高出水面，顏色深淺不一，披掛的漁網被海水扯破，海水低吟退去。

天氣很熱，我覺得氣悶，回旅館房間後，覺得好想睡覺。我永遠能聽見船側的波浪聲，聽見船槳的落水聲，聽見瑪麗亞說話，血管裡猶如火燒，一切歷歷在目。傍晚的散步、沿著海岸走回她家、見瑪麗亞躺著，我不願再想，因為接下來的過程令我顫抖。我心裡有道熔岩流竄，這一切令我疲憊不堪，我仰躺著，盯著燃燒的蠟燭，燭光光圈在天花板顫動，我遲鈍地凝望蠟油流下銅製燭台，黑色的燭芯在火焰裡拖得老長。

終於，天亮了，我也睡著了。

XIV

離開的時刻到了。大家分道揚鑣，我卻無法與她告別。她跟我們在同一天離開海水浴場，那天是禮拜天，她早上出發，我們晚上才走。

她走了，我再也見不到她了。永別了！她走了，如同被她踩起，在路上飛揚的塵土。多少時間，我思念著她，模模糊糊，憶起她的眼神、她說話的音調！

坐在車裡，我的心思回到同她走過的那段路，置身再也回不去的過去。我想起浪潮、海灘，想起所有見過、感受過的一切，我想刪除，我卻想起每一句話、每個姿態、行為、每件瑣事，一切都是那麼鮮活……我的心好亂，耳邊嗡嗡作響，幾乎要瘋了。

一切都過去了，猶如夢一場，永別了，美麗的青春之花，凋零得如此之快，將來當人們偶爾回想，總會夾雜痛苦與快樂。終於，我進了城，看見自己的屋子，回家後，感到一陣悲涼悽慘、茫然空虛，我又開始過活，日復一日地吃、喝、睡。

冬天來了，我也重返校園。

XV

如果我告訴各位，我愛過別的女人，那我不過是像無賴一樣謊話連篇。雖然我曾以為可行，強迫自己的心接受其他感情，它們卻僅如滑冰一般，溜過去罷了。

我們小時候，讀了許多關於愛的事，覺得這個字多麼悅耳，於是幻想著，渴望擁有這種在小說、戲劇裡看了會臉紅心跳的感覺。每遇見一個女人，就問自己：「這不就是愛？」為了使自己成為男人，我們努力想愛。

我同其他男人一樣，難免如孩子般軟弱，會學哀歌詩人唉聲嘆氣。做了許多努力後，我驚訝地發現，自己已經兩個禮拜未曾想起那位我挑選來做為夢想的女人，幼稚的虛榮心碰上瑪麗亞就此消失。

我恐怕得回溯到更早之上，我發誓要說出一切。接下來這段寫於去年十二月，在我打算寫〈狂人回憶〉之前完成的。

因為本是獨立成篇，所以我乘著方便，將此接續在後。

內容是這樣的：

過往所有的夢想、回憶及年少模糊的往事，我保留得很少，只有百般無聊時，才拿出來消遣自己。往往想起一個名字，就能連帶記起相關人等，包括他們的衣著、言談，他們各司其職，如同在我生命中各有扮演的角色。見他們在我面前比手畫腳，猶如上帝觀看自己創造的洪水，興味盎然。特別是初戀，雖非情慾濃烈，即使新的慾望掩蓋其上，但那份感情永遠留在我心底，如同一條羅馬古道，仍可搭乘礙眼的火車穿梭其間。這篇提到第一次動心，無窮、朦朧的愉悅由此而生，是某個孩子，與他的女性朋友發生的事，印象已然模糊，只見了女人的胸部、雙眸，聽見她的歌聲及話語。我得把這些交雜的情感與幻想當作一具死屍，展現給友人看，讓十二月寒冬裡前來的友人，坐在壁爐前取暖，抽菸斗、喝烈酒，聽我平靜地聊起。

大家都來了之後，各自找位置坐下，把菸草裝進菸斗，倒滿酒，圍著壁爐。一人拿火鉗，另一人吹氣，再一人拿拐杖翻動灰燼，大家都有事做，我也準備開講。

「親愛的朋友，」我對他們說：「故事裡會冒出一些虛榮的字眼，請各位多多包涵。」大家一致同意，我便娓娓道來。

*

那大約是發生在兩年前，快到十一月前的某個星期四，我想那時候是五年級，我第一次見到她，她正在我母親家吃午飯。當時我匆匆進屋，好像一個等了整個星期才盼到週四午餐的學生一樣。

她轉過頭，我沒跟她打招呼，因爲當時的我傻氣幼稚，不知怎麼面對女性，我只對那些叫我孩子的太太或以朋友相稱的小女孩，才不會臉紅、不知所措及詞窮。但，感謝上帝，從那次開始，我得到天眞無邪的自己不可能擁有的一切，變得既虛榮又厚臉皮。

她們是兩位年輕女孩，我妹妹的同學，一對可憐的英國姊妹。有人把她們從寄宿學校裡帶出來，到田野呼吸新鮮空氣、乘車兜風、上花園跑跑，總之就是讓她倆開心一下，否則若有女學監的監督，孩子們總是放不開，無法玩得盡興。大的已經十五歲，而剛滿十二歲的妹妹，矮小瘦弱，眼睛又大又晶亮，比姊姊的還漂亮。不過姊姊有張細緻的圓臉，皮膚白裡透紅，玫瑰色的唇包著潔白的小牙齒，栗色秀髮上戴著髮箍，整齊地框住臉龐。兩相比較，大家難免偏愛姊姊，她的個子不高，還有點胖，算是比較明顯的缺點，但這對我更具吸引力。這種不裝模作樣的童眞優雅，使她渾身散發青春的芬芳，如此天眞單純，再離經叛道的人也忍不住加以讚美。

從臥室窗戶望出去，我彷彿還能見到她與同伴在花園奔跑的身影，見到她們的絲裙在腳跟上大幅飄動，傳來窸窣聲。她們提腳跑上花園鋪沙的小徑，氣喘吁吁地停下，彼此摟住腰，正經散起步來，不時聊著天，大概聊些節慶、跳舞、玩樂及愛情，可憐的女孩們！

我們沒多久就熟稔了，四個月後，我已經像抱妹妹一樣抱她，並且彼此以「你」相稱。

我很喜歡跟她聊天，她的外國腔調有種細緻微妙的韻味，使她的聲音與臉蛋一樣清新。

此外，在英國人的道德標準裡，衣著隨性及不合時宜，都被視為過度賣弄風情，其實那不過是種魅力，像閃爍不停的鬼火那般吸引人。

我們經常全家一起去散步，記得冬季裡某日，我們去看望一位住在城裡某座山坡上的老太太。為了到她家，得穿過一片蘋果樹園，那兒野草又高又濕，雲霧籠罩全城，我們從山丘上遠望，密集的屋頂覆蓋白雪，田野寂靜無聲，遠處傳來母牛或馬的蹄聲，足蹄踩進馬路上的凹溝前行，聲音逐漸遠離。

在通過一道漆成白色的柵欄時，她的外套被籬笆上的荊棘勾住，我幫她解開，她對我說謝謝，優雅大方，讓我回味一整天。

後來，姊妹倆跑起來，外套被風吹起，起伏飄動，如同退去的浪。她們停下腳步，大口喘氣，我還記得耳邊傳來的呼吸聲，氣息自皓齒鑽出，化成熱氣而來。

可憐的女孩！多麼善良，多麼天真地擁抱我。

復活節假期來臨，我們去鄉下度假。我記得某日，天氣炎熱，她的腰帶不見了，顯不出洋裝的腰身。

我們一起散步，踏著四月裡花花草草的露水，她拿著一本書，我想應該是詩集，她把書丟在地上。

我們繼續散步。
她跑著，我親吻她的脖子，嘴唇緊貼那光滑如絲、香汗淋漓的肌膚。
我不知道彼此聊了什麼，有些事情就這麼發生了。

*

「你這樣簡直是笨蛋。」其中一位聽眾打斷我。
「沒錯，親愛的，愛情本就愚蠢。」我接口道。

*

午後，我滿心洋溢溫柔朦朧的快樂，做著美夢、想著她的明眸，她的髮絲貼著臉龐，閃閃動人。我想著她隆起的胸部，我只能親到該死的衛道人士准許我親的地方，無法再親下去。我去田野、去樹林，坐在土溝裡，思念著她。
我趴在地上，拔些野草，或是四月才有的雛菊，再抬起頭時，天色已灰白，蒼穹隱沒天際，躲向青青草原身後。有時我帶著紙筆，便會寫起詩來……
（大家笑成一團。）
我這輩子沒寫過這樣的詩，大概有三十首，不到半小時就完成，因爲我一直有即興做各種蠢事的好本領。而這些詩，大部分就如愛情的保證，虛假不實，也如錢財般靠不住。
我記得有這麼一句：

夜裡，玩耍與鞦韆都累了……

我想描繪只在書裡見過的熱情，卻是白費力氣，進而想到自身的一無所有。我陷入陰鬱，猶如羅馬將軍安東尼，儘管我的心，的確浸潤在天眞的情懷、傻氣的柔情、甜蜜的回憶及芬芳的情感裡。我這麼形容一無所有：

痛苦如此艱澀，憂愁這般深沉，深埋其中，像被關入墳墓的人。

這些詩甚至不像詩，我直想燒毀，這應該是讓大部分詩人備感折磨的怪習慣。

我回到家，又發現她在草地玩樂。姊妹倆的臥室在我隔壁，我聽著她們嘻笑、長聊，而我，儘管努力撐著想盡量晚睡，但沒多久就跟她們一樣睡著了。各位十五歲時可能也做過同樣的事，以爲是一次熾熱瘋狂的愛情，就像書上看到的那樣，然而不過是被所謂的熱情，像鐵爪般輕輕抓傷心的表面，之後全靠想像力，吹旺剛燃起的小火。

男人一生的愛戀何其多！四歲時，愛馬匹、陽光、花朵、閃亮的武器、軍裝；十歲時，愛那個跟自己玩的小女孩；十三歲時，愛上胸部豐滿的貴婦，因爲我記起年輕人瘋狂喜歡的，就是女人的胸部，膚色深淺都好，如同詩人馬羅[4]所述：

4 馬羅（Clément Marot, 1496-1544），文藝復興時期法國詩人。

圓潤的乳房，白皙猶勝雞蛋，
乳房，如嶄新的白色綢緞。

第一次見到女人赤裸的雙乳，我差點暈倒。終於，十四、十五歲時，我愛上來自己家遊玩的、笑嘻嘻的少女，比妹妹親密，又未達情侶關係。十六歲時，愛上另一名女子，直到二十五歲，再之後，或許愛上即將論及婚嫁的女人。五年後，則愛上一個任由薄紗裙抖落豐滿大腿的舞女，到了三十六歲，愛上當議員、投資客、追逐名利。五十歲時，愛上閣員或市長的晚宴餐會；六十歲時，愛上隔一扇窗戶打招呼的妓女，卻只能對她投以無能為力的目光，為過去感到惋惜。

事實不就如此嗎？因為我經歷了一些，還不到全部，畢竟我尚未過完人生。而許多男人每年都會留下一段新戀情，迷戀女人、賭博、高級靴鞋、手杖、眼鏡、車子、地位。

男人何等瘋狂！喔！無可辯駁，男人瘋狂的想法和小丑服的顏色一樣變化多端，兩者結局也相同，都會逐漸磨損，且在某個時刻引人發笑，觀眾付錢來笑，哲學家為科學而笑……

*

「說故事吧！」一名聽眾開口要求。他到目前為止都面無表情，菸斗不離手，只為了吐著煙圈，口沫橫飛地指責我離題。

「我不太知道如何說下去，因爲歷史總有一段空白，哀歌總少一句詩，許多時間就這麼過去了。」我如此回答，繼續我的講述。

*

五月裡，女孩們的母親帶她們弟弟前來法國，是個可愛的男孩，同姊姊般是金髮，一臉頑皮，帶著一股英國人的傲氣。

他們的母親蒼白、瘦弱、有氣無力，她身穿黑色衣服，言談舉止與穿著打扮都顯得隨便、有點無精打采，很像義大利人那種慵懶閒散。然而，這一切仍因品味不凡及貴族外衣，顯得清香高雅、光彩奪目。她在法國待了一個月。

……後來，他們的母親回去了，我們像家人般生活，總是一起散步、旅遊、度假。我們像親兄弟姊妹一樣。

這坦誠相處的每一天，有那麼多好感、熱情、親密與無拘無束，或許已蛻變成愛，至少她那邊是的，我有不少證據可證明。

至於我，我讓自己扮演正人君子，因爲我毫無熱情，其實我很想擁有熱情。

她常走向我，摟住我的腰，望著我聊天，這迷人的小女孩。她向我借書、借劇本，卻很少歸還，她還會上樓進我房間。

我覺得很尷尬，何以猜測一個女人是大膽或天眞？有一天，她躺上我的長沙發，姿勢很曖昧，我坐在她身邊，默默無語。

當然，那是關鍵時刻，但我沒有利用。

我讓她走了。

有時，她會抱著我哭，我無法相信她是眞的愛我，埃尼斯卻相信，明指給我看，當我是笨蛋。

而我的確又害羞又漫不經心。

我想的是一種溫柔稚氣的東西，任何占有的念頭都無法使其失色，也因此少了積極活力，然而當個柏拉圖主義者，實在太傻了。

一年後，她們的母親來法國，一個月後，又回英國。

女兒們已經離開寄宿學校，跟著母親住在一條荒涼街道上的屋子，住在三樓。

她們的母親出遠門時，我常從窗戶看見她們。一日我經過她們家，卡洛琳叫住我，我上了樓。

她獨自在家，撲進我懷裡，吻我，眞情流露，那是最後一次，因爲她之後就嫁人了。

她的繪畫老師常來找她，他們準備結婚，婚事一下談妥了一下又談不攏，如此反覆無數次。她的母親從英國回來時，女婿並未同行，所以從沒聽人提起過。

卡洛琳在一月結婚，某日我碰見她和她丈夫，她沒跟我打招呼。

她的母親搬家，改變生活方式，如今在家裡接待裁縫夥計和學生，有機會就帶小女兒參加化裝舞會。

我們已經一年半沒見到她們了。

這段關係就這樣結束了，或許隨著年歲增長會轉爲情慾，但它就是自己結束了。是否該說這段關係在愛情裡，如同白晝尾聲的黃昏？瑪麗亞的眼神已抹去我對那蒼白女孩的回憶！

那不過是冰冷灰燼裡的微弱愛火罷了。

XVI

這篇文章並不長，我希望能更短，事情是這樣的。

虛榮把我推向愛情，不，是推向快感，甚至，推向肉慾。

有人笑我還是處子之身，我臉都紅了，這事讓我感到丟臉，像腐敗發爛的東西壓著我不放。一名女子出現在我面前，我占有她，再滿懷厭惡與痛苦地離開她的擁抱。但，我也因此當得起咖啡館裡的浪子，模仿其他圍在潘趣酒罈旁的傢伙，滿口汙言穢語，我成爲男人了。從前我把放蕩當成功課、義務，如今我覺得自豪，我十五歲了，談起女人和情婦了。

而那個女人，我討厭她，她來我身邊，我不理她；她露出甜笑，我覺得像醜陋的鬼臉，令人作嘔。

我心懷內疚，對瑪麗亞的愛如同神聖的信仰，現在似乎被我褻瀆了。

XVII

我自問，我夢想的快樂，我溫柔單純的赤子心，所想像的激情是這樣嗎？就這樣嗎？在這冰冷的享樂之後，不是該有更高尚、更寬容、更神聖的事情，足以令人心醉神迷嗎？喔！不，都結束了，我把靈魂的聖火丟進汙泥，弄熄了。

喔！瑪麗亞，我把因你的眼神而生的愛情拖進爛泥，任意糟蹋，浪費在第一個出現的女人身上。沒有愛情、沒有慾望，被幼稚的虛榮心、自以為是的盤算驅使，只為了不再因放蕩而臉紅，為了讓自己在狂歡豪飲中泰然自若！可憐的瑪麗亞……

我疲憊不堪，一股深深的厭惡攫住我的靈魂。

我同情那一時的快感及肉體的痙攣。

我活該遭到三倍不幸，從前那如此高尚、非凡的情感，我多麼引以為傲！我曾把自己的心看作比他人更寬廣、更美麗，卻做了跟他們一樣的事……喔！不，他們當中或許沒人是為了同樣的動機而做，幾乎所有人都是受肉欲驅使，像狗一樣順從天性本能！但更敗壞的是算計、慫恿人墮落、投入女人懷抱、觸摸她的肉體，又在溪水裡打滾的人，他們起身後，還給別人瞧見身上的髒污。

我感到羞愧，因爲我的卑劣、我的褻瀆，我眞想藏起自吹自擂的無恥行徑，不希望自己看到。

回想起從前，那時我不覺得肉體下流，慾望的樣子一片模糊，我的愛情則造就了感官上的滿足。

不，人們永遠不會道盡童貞時期的任何祕密、感受、自創的小天地，那些幻想何等珍貴！思緒何等朦朧、溫柔！

失望又是何等痛苦與殘忍！

曾經愛過、夢想過蒼天，見過最純淨、最崇高的靈魂，之後卻把自己束縛在沉重的肉體、萎靡的身軀裡。夢想過蒼天，卻又墮入泥沼！

現在，誰能將我失去的東西還我——我的貞操、憧憬、幻想、那枯萎的一切、尚未盛開就被嚴寒凍死的可憐花朵？

XVIII

如果我曾經有體驗過熱情的時刻，那得多虧藝術，然而藝術又是多麼浮誇！例如想在石塊上畫人像、用文字書寫靈魂、透過聲音傳遞情感、在有光澤的畫布上寫生……

我不知音樂如何擁有如此強大的魔力！可以讓我整整幾星期想著一首曲子的節奏，或一場莊嚴壯觀的合唱！樂聲鑽進我內心，歌聲讓我與快樂交融。

我喜歡樂隊低音隆隆的聲音，高低起伏，和諧一致，響亮的振聲及磅礴的氣勢，彷彿擁有健壯的肌肉，在弓弦末端做結。我的身體追隨展翅的旋律飛向無極，盤旋而上，純粹而緩慢，宛如香氣擴散空中。

我喜歡聲音，喜歡閃亮的鑽石，喜歡女人戴起手套拿著鮮花鼓掌。我觀看芭蕾舞，跳躍時粉紅舞裙隨之飄動，耳邊是節奏有致的舞步聲，只見舞者從容分開膝蓋，斜傾身軀。

有時，我會在天才的作品前沉思，人們甘願被天才的鎖鏈拴綁，我則為這些作品感到震撼。人們會低聲討論、恭維地尖叫，亂哄哄的聲音充滿魔力，我渴望擁有那些強人的命運，可以把人們當作鉛塊一般捏塑，使人們哭泣、顫抖、興奮地跺腳。強人的心該是多麼寬廣，足可容納世界，而我的個性又如何使自己全然失敗？我深知自己的無能與乏善可陳，因而忌妒生恨，我告訴自己這沒什麼，那些名言佳句不過是湊巧寫下。我在爛泥裡，羨慕那些高高在上的事物。

我嘲諷上帝，也譏笑人們。

然而，我只是暫時情緒低落，當凝視天才作品時，我其實滿懷欣喜，這些作品在藝術的壁爐裡閃耀熊熊火光，如同夏日豔陽下盛開的芬芳薔薇。

藝術！藝術！多麼美好的浮誇！

如果說這世上或虛無空間裡，有我們深愛的信仰，或某種神聖、純淨、崇高的事物，可走向被喚作靈魂的無限空間，並滿足其無窮欲求的，那便是藝術。

一塊石頭、一個字、一個聲音，如此渺小！但經過安排整合，便可稱之卓越！

我希望有毋需形式或文字表達的東西，如香氣純淨、如石頭堅硬、像歌曲難懂，既集合一切，又不等於其中一項。我覺得萬物皆有侷限，也有縮小的一天，最後在自然中夭折。

擁有才華及藝術的人，不過是在某方面教養有加的可悲猴子。

我盼望獲得無極之美，卻只能找到懷疑。

XIX

喔！無極！無極！是巨人的坑洞，一路從深淵盤旋上未知的高點，我們在裡面轉著舊思維，暈頭轉向，每個人心裡都有無法估量的無底深淵！

許多白日、許多黑夜，我們徒然、焦慮地自問：上帝、永恆、無極，這些字是什麼意思？我們被死亡的風捲入其中，如樹葉遭暴風吹落翻滾，無極似乎對我們在巨大的懷疑裡欺騙自己感到有趣。

然而我們總對自己說：幾世紀以後、幾千年以後，一切都將消耗殆盡，邊界應該就在那兒。

哎呀！永恆屹立在我們面前，令人害怕，害怕這東西將長久延續，而我們的生命卻如此短暫……太長久了！

可能，當世界不復存在，（那時我會想活下去，活在沒有自然、沒有人類的環境，將是多麼寬廣！）可能，也將出現黑暗，地面將存有些許灰燼，或許大海還留下幾滴水。

蒼穹！什麼也沒有，空無一物，虛無在這廣大境域裡如裹屍布般攤開！永恆？對，就是永恆！將永遠延續嗎？是，永遠……無止境！

而即使世界留下一小塊碎片，即使垂死的天地留下最後一口氣息，這片空間本身也已累得無法運轉，一切都在呼喚著徹底毀滅。

這種永無止境的念頭令人臉色發白，哎呀！如今我們這些活著的人，都將被牽扯入內，因爲無極會把我們全部捲進去，而我們將變成什麼？沒什麼，連一口氣都不是。

我常想起棺材裡的死人，他們在地底度過漫長世紀，地面充滿喧鬧、嘈雜、喊叫，他們仍舊靜靜躺在腐爛的木板裡，那靜默何等悲涼，偶爾才讓一根掉髮或蛆蟲掠過皮膚的聲音打斷。詩人科希娜[5]他們沉睡著，無聲無息躺著，躺在地底，躺在花團錦簇的草地下。

可是冬季時，他們在雪下應該會冷。

喔！如果他們醒來，如果他們活過來，見到自己身上披覆的殮布，上頭留下乾涸的眼淚，啜泣已歇，扭曲糾結的哭臉已離去，那麼他們應該會害怕這哭著離去的生命，火速返回靜謐眞實的虛無當中。

當然，人可以活著，甚至死去，一次也不必問自己何謂生，何謂死。

但總有人看見微風吹拂枝葉顫動、溪流蜿蜒田野，看見生活辛苦、忙得團團轉。人們活著，行善作惡，眼看海浪翻騰、天光流轉，於是自問：枝葉爲何顫動？清水爲何奔流？生命本身爲何如一道凶險的激流，終將消逝於大海、消逝於無邊的死亡？人爲何要汲汲營營？像螞蟻一般工作？爲何有暴風？爲何天空如此清朗，大地卻如此汙穢？這些問題將把人引入逃不開的黑暗。

隨之而來的，是懷疑，一種只能意會不能言傳的東西。人就像迷途沙漠的旅者，四處尋找，希望找出通往綠洲的道路，卻只見茫茫大漠。

懷疑，等於人生！舉凡行爲、話語、天性、死亡，皆存在懷疑！

懷疑，對靈魂來說，等同死亡，是足以使種族衰敗的痲瘋病，是一種因知識而起、步向瘋狂的疾病。瘋狂就是對理性的懷疑，或許理性本身就是一種瘋狂。

誰能驗證呢？

5 科希娜（Corinna），古希臘抒情女詩人，活躍於西元前六世紀左右，其作品現僅存殘篇。

XX

有些詩人的靈魂充滿馥郁花香，把生命看成天上的曙光，另一些則只有灰暗、痛苦和憤怒。有些畫家眼裡什麼都是藍的，另一些則全是黃色或黑色。每個人都透過自己的稜鏡看世界，能看出宜人色彩及愉快事物的人，眞的很幸福。

有些人看這個世界，眼裡只有頭銜、女人、銀行、名譽、命運……眞荒唐，我還認識只見鐵路、市場或牲畜的。有人能找出一個崇高的計畫，有人只發現下流的鬧劇。

那些人問你什麼叫下流？這問題跟其他問題一樣難解。我寧願去精確定義何謂美靴或何謂美女，兩件事情重要性相當。

而把地球看成或大或小的泥巴堆的，往往是奇才或不好騙的人。

你才剛與一位卑鄙之徒談話，那幫人不以慈善家自居，不怕被稱爲極右的卡洛斯派[6]，絕不投票贊成拆除教堂。很快，你會停止發言，或承認敗給他們，因爲那些人沒有原則，視道德如空話，把世界當笑話。他們以此爲憑，從無恥的觀點思考一切，嘲笑美好的事物，提及慈善時，他們只是聳聳肩，告訴你慈善不過是捐錢給窮人罷了。

而大名被報紙登上芳名錄，那才是最美好的部分！

意見、方法、信仰、癖好可以這麼多元，實在非常奇怪！當你對某些人開口說話，他們會突然驚慌失措地停下來，問你：怎麼？你不贊同？你有疑慮？推翻天地萬物的藍圖及人類的義務是可以的嗎？假設很不幸地，被人從你的眼神猜到你心底所想，他們會立刻停止從邏輯上取勝，變成被想像的鬼魂嚇壞的孩子，閉上眼睛不敢多看。

睜開眼睛吧，脆弱自負的人啊，猶如在塵埃上痛苦匍匐的可悲螻蟻！你說自己自由偉大、自尊自重，活得卻是那麼卑賤，當你的腐敗之軀經過時，你大概是拿嘲諷向它打招呼吧！你心想所謂美好的人生，就該在你稱作偉大的那一丁點自負，以及符合你社會本質的微薄利益裡成形，然後執行，最終戴上永垂不朽的皇冠。永垂不朽對你來說，是否比猴子淫亂、比老虎凶惡、比蛇蟒獻媚呢？來吧！幫我替猴子、老虎、蛇蟒，替奢侈、殘暴、卑賤建造一座天堂，也爲自私蓋座天堂！永恆裡只剩塵埃，不朽裡僅存虛無。你自以爲自由，可做任何你所謂的善行惡事，大概想讓人盡快判定你：你知道如何行善嗎？你有哪個舉動不是出於自負或經過利益算計的？

6卡洛斯派（Carlism），又稱卡洛斯主義，是十九世紀源自西班牙的政治思想。屬於極右的反動主義和保守主義，反對啓蒙思想，支持者多爲舊封建貴族和教會保守派。

你，還眞自由！打從出世起，先承襲父親的缺點，日漸接受這顆邪惡，甚至愚笨的種子，以此評斷社會、評斷自己與周遭的一切，用比較的方式，爲自己設下標準。你出生的環境，思想狹隘、充滿定見，人們已替你決定善與惡，對你說應當愛自己的父親，照顧他到老。你會照辦這兩件事，根本不需要人教，對吧？這固有的美德，像吃飯一樣不可或缺。反觀，假若你的出生地附近，隔著一座山的地方，有人告訴你兄弟，在父親年老前殺了他，他會動手，因爲覺得理所當然，這部分，他同樣也不需要人教。

你被撫育成人，被叮囑嚴防對姊妹或母親產生肉體之愛，然而你就同所有人一樣是出自亂倫的孩子。因爲傳說中第一個男人和女人是親兄妹，他們的孩子也是兄妹，陽光同樣會照耀視亂倫爲美德、弒親爲義務的民族。

你是否曾擺脫控制你前進方式的原則？你是否能決定自己的教育？你是否想過擁有怎樣的性格？相貌方面、體格方面、開朗或憂鬱、溫柔或剽悍、守規或放蕩？

但首先，你爲何出生？是你自願出生的嗎？有人建議你出生嗎？其實你會出生也是必然，因爲有一天你父親狂歡後回家，酒精讓他全身發熱，慾望襲身，你母親把握良機，在大自然創造女人時賦予的肉慾及獸性本能驅使下，使出女人所有的詭計，終於讓這位年輕時對各種節日興趣缺缺的男人動起來。無論現在你多高大，起初你都只是某個跟唾液一樣骯髒、比尿液更惡臭的東西，你會像蟲一樣變形，最後來到這世界。你在中途差點死掉，之後又哭又叫，緊閉雙眼，似乎很討厭那顆你呼喚過無數次的太陽。人家餵你吃，你開始長大，像枝葉般成長，風沒一早把你捲走也算運氣，因爲你經歷了多少東西？空氣、火焰、光線、白天、黑夜、寒冷、炎熱，以及圍繞在你身邊的一切，和其他存在的一切。這些東西支配你，讓你激動，你愛草木、花朵，爲其枯萎感到傷心；你愛你的狗，牠死時你嚎啕大哭；蜘蛛靠近你時，你害怕後退，偶爾被自己的影子嚇得發抖，又當細想空無的神祕時，你嚇壞了，怕得疑神疑鬼。

你自稱自由，每天卻被無數的事推著走。你見到一個女子，愛上她，愛得要命，你眞的掌握自由了？足以使加速的血流放慢、使發燙的腦袋冷靜、抑制激動的心、壓下吞噬你的慾望？你能自由操控思緒嗎？你身上綁縛無數鎖鍊，無數刺棍逼迫你前進，無數桎梏阻礙著你。對於初次見面的人，只因外表某部分你看不順眼，就一輩子討厭他，如果他鼻子沒那麼大，你或許就喜歡他了。你常胃痛，導致對那些本該殷勤接待的人很不禮貌，這些事註定會引發或牽扯出其他事，從中再生出別的事端。

你是否一手締造自己的體格養成並樹立品行？不，唯有靠你自己建立，且按自己方式塑造而成時，你才能完全控制。

你說你擁有靈魂，所以自由。一開始，你發現這件事，卻沒去定義它，但內心有個聲音告訴你：你是對的。一開始，你不願承認，有個聲音說你軟弱，你覺得身上有個巨大的空洞，於是什麼都丟進去只想塡滿它，你仍然相信那是對的，但你確定嗎？誰跟你說是對的呢？兩股對立的感受衝撞你許久，猶豫懷疑一陣子後，你傾向其中一種感受，以為做了自己的主人，做出決定。

然而，身為主人，不該有任何傾向。如果你內心深藏義大利佬的習性，如果你生來就被教導成行為偏差，你會決定行善嗎？又如果你品德高尙，討厭罪惡，你還會犯罪嗎？所以，你眞的有決定行善或作惡的自由嗎？

既然引導你的總是善念，你就不可能為惡。

兩種傾向的爭鬥是場戰爭，如果你作惡，就是因為你偏向邪惡，捨棄道德，衝動占了上風。兩人打架的時候，比較虛弱、笨拙、遲鈍的一方，勢必敗給比較強壯、機智、靈活的那方。

無論爭鬥持續多久，始終有一方會落敗。你內在性格的交戰也是如此，你還是認為善的那方會贏嗎？正義會永遠獲勝嗎？

你認定的善，一定是絕對、持久、永恆的嗎？

人的周遭只有黑暗，空空蕩蕩，所以希望有東西是固定的。人在無邊無際裡翻滾，一直想停下，想緊握一切，卻什麼也抓不到。故鄉、自由、信仰、上帝、道德，原本抓住了，卻又自手中掉落，像個狂人，任由玻璃杯摔落，又對自己造成的碎片大笑。

然而，人擁有不朽的靈魂，是按照上帝的形象創造的。人爲了兩個不明白的意念拋灑熱血，一是靈魂，一是上帝，並且堅信不疑。

靈魂是一種本質，我們的肉體圍著它轉，如同地球繞著太陽轉。

靈魂很高尚，因爲是精神的準則，而非世俗的準則，不知低賤卑下爲何物。然而，控制我們身體的不就是思想嗎？當我們想殺人時，不就是思想讓我們舉起手臂的嗎？不也是思想驅動我們的肉體嗎？惡是否由精神引發，再由身體去執行？

瞧瞧這靈魂、這意識，它能變通、有彈性，如此柔軟隨和，被身軀重壓的它，輕易便彎下腰。它可以出賣身體、雙手、腦袋和舌頭，是它渴望鮮血、求取黃金、永不滿足、貪得無厭，它在我們體內，猶如一種渴望、欲求、吞噬人的火焰，讓人以它爲中心打轉。人啊！很偉大，但應該不是因爲肉體，而是精神。你說精神讓你成爲性格的主子，讓你偉大、能幹又強勢。

的確，你日日撼動地球、挖鑿運河、建造宮殿、採石封河，你採集藥草，揉碎服用，你用軍艦的龍骨攪動汪洋，你以爲一切都很美好，自認比被你吃下肚的野獸優越、比被風捲走的樹葉自由、比翱翔高塔上的蒼鷹了不起、比供你麵包和礦石的土地強大、比你行駛過的海洋厲害。但，哎呀！你翻動的土地自己復元了，運河崩毀了，河川侵襲你的田野城市、宮殿的磚石自動碎裂剝落、螞蟻在你的皇冠及寶座上跑來跑去，你整團軍艦行經洋面留下的足跡，只剩雨滴及鳥兒的拍翅聲。而你自己，在縱橫海洋的那些時期，並未留下任何足跡，不比你的船還在浪濤間留下水痕。你自認偉大，因爲可以不眠不休地工作，但工作恰好證明你的不足，你付出汗水，被迫學習無用事物，還沒出生就是奴隸，還沒好好活著就已這般不幸！你望著滿天星斗，露出驕傲的笑容，因爲是你給它們取的名字、計算它們的距離，猶如你打算測量虛無，在你精神掌管的範圍內圈出一個空間。但你弄錯了！誰告訴你光明世界背後，不再有其它無窮無盡、永恆不變的世界？也許你的計算只停留在幾尺高，也許正從那高度起，才出現眞正的、新的比例尺……你本人了解所使用的字詞的意義嗎？例如寬廣、空間？那比你及你的地球遼闊太多了。

你是偉大，但你和狗、和螞蟻一樣，終有一死，甚至帶著更多遺憾。死後的你也會腐爛，我想請問：當蛆蟲吃了你，當你的肉體在潮濕的墳墓裡分解、灰飛煙滅時，人啊，你上哪兒去了？你的靈魂又去哪兒了？靈魂是驅使你行動的引擎，把你的心交給仇恨、忌妒、各種情慾，這出賣你、驅趕你去做那麼多無恥行徑的靈魂，去哪兒了？有什麼地方神聖到願意接納它嗎？你像上帝一樣自尊自重，提出人需尊嚴的想法，自然界完全沒有這種想法可與你相對。你希望別人尊重你，你也尊重自己，甚至想讓這副身軀不復存在時，依舊受到敬重，無論生時有多卑劣。你希望人家在你的屍身前脫帽致敬，儘管屍體已經腐爛變質，仍比你在世時純淨。這就是你的偉大！偉大的塵埃，虛無的尊嚴！

XXI

兩年後，我回到那裡，各位當然知道是哪兒，但她不在。她的丈夫獨自回來，帶著另一副裝飾品來，在我抵達前二日就離開了。

我重返海灘，空蕩蕩的！從那裡能看見瑪麗亞屋子的灰牆。如此絕世獨立！

我又回到之前向各位提過的大廳，裡面滿滿是人，但人事全非。桌旁落坐的人我一個也沒見過，瑪麗亞坐過的地方坐著一位老婦，雙肘也倚著她從前常靠的位置。我就這麼待上半月，幾個天候差或下雨的日子，我就待在房間，聽聽雨水滴落石瓦的聲音、聽聽遠處的海潮聲，偶爾還能聽見碼頭上水手的叫喊，我又想起舊事。舊地重遊，往事歷歷在目。

又見相同的海洋、相同的波浪，始終遼闊，憂鬱、咆哮著襲上斷崖，還有同樣的村莊、泥堆、被踩踏的貝殼及層疊的屋宇。然而，我曾愛過的一切、曾圍繞瑪麗亞的一切，那穿透遮雨板、將瑪麗亞皮膚染成金黃的美麗陽光，在她身邊打轉的風、從她身旁走過的人群，全都一去不復返。喔！我多想再過過那絕無僅有的日子，一天也好！只想進入那塵封不變的回憶！怎麼！什麼都回不來了嗎？我覺得心好空虛，因爲我周遭的人彷彿造了一座沙漠給我，我怕要死在裡面了。

我憶起那些漫長炎熱的夏日午後，我找她講話，她沒料到我愛她，她那漫不經心的眼神如同一道愛的光芒射進我心底。其實，她哪能看出我愛她，因爲那時我還不愛她，我之前說的，是謊話，我是現在才愛她、才渴望她。我獨自待在沙灘、樹林或田野，假裝她也在，走在我身旁、同我說話、看著我。當我躺在草地上，看著風吹彎雜草、海浪拍打沙灘，我好想她，在心裡重建她動作、說話的每一幕，這些回憶充滿激情。

如果我憶起她曾走過什麼地方，我就也去走走，希望再次聽到她的聲音，我一定會很開心，但卻是不可能的。她住的屋子，我已不知經過幾次，更不知從窗戶張望幾次了！

這兩個禮拜，我就這麼爲愛沉思，思念著她，我還想起一些傷心事。某日，將近黃昏，我又去海邊，我穿過放滿牛的牧場，走得很快，只聽見走路時摩擦野草的聲音。我低頭看路，動作規律到我簡直快睡著，那時，我以爲聽見瑪麗亞走在我旁邊，她扶著我的手臂，轉頭看我，一起在草地上走著。我很清楚這是幻覺，但我欣喜若狂，無法忍住不笑，心裡覺得好幸福。我抬起頭，天暗了，前方天際，美妙的夕陽降落入海，只見一束光如網子般升起，消逝在大片翻騰的黑雲底下。下一刻，夕陽的反光再度出現，在我後方較遠處，照亮清朗蔚藍的一隅天空。

再度探尋海洋，夕陽幾乎消失了，日輪一半泡進水裡，一抹淺玫瑰色暈染開來，朝天空逐漸散去。

另一次，我騎馬沿著沙灘走，不自覺地望著海浪，浪沫打濕馬腳，我看見馬兒走路時踢起的石子，馬蹄陷進沙裡。太陽剛才突然消失，海浪顏色轉暗，像有什麼黑色物體飛過海面，在我右邊，岩群林立，風將岩石間的浪花吹得泡沫四濺，宛如雪海。海鷗掠過我的頭，我看見牠們雪白的翅膀緊貼灰暗無光的海面，這美景真是難以言喻，這片海、這片貝殼遍布的沙灘、覆蓋濕藻的礁岩，浪沫在岩腳下被微風吹得輕輕浮沉。

若我能道盡我對愛情、狂喜、遺憾的感受，我就能說出其他更美好更溫柔的事。你能透過言詞訴說內心悸動嗎？你能描述那因愛的疲憊而湧現的淚水、刻劃那浸濕雙眼的晶瑩淚珠嗎？你能說清一天內所經歷的感受嗎？可憐虛弱的人啊！用盡言詞、語句、聲調來說話，說得結結巴巴，你能定義上帝、天與地、化學與哲學，卻無法用言語表達你聊起裸女或布丁時的快樂。

XXII

喔，瑪麗亞！瑪麗亞，我年少時期的親愛天使。我在自己純眞情懷裡看見你，我溫柔地愛著你，愛裡多麼馨香、夢裡多麼柔情，再見！

再見了！將有別的激情到來，我或許會忘了你，但你將永遠在我心底，因爲心猶如土地，每段情感都會在其他情感的廢墟上翻攪、鬆土、耕種，再見！

再見！但是我多想愛你，多想擁你入懷，緊緊抱著你！啊！我的靈魂因愛情創造的痴狂而欣喜，再見！

再見！我永遠思念你，我將投身這世界的漩渦，或許會遭衆人踩扁、撕成碎片，死在裡面。我該去哪兒？會變成怎樣？我想變成老人，滿頭白髮，不，我想變得像天使一樣美麗，擁有榮耀與才華，再把一切置於你的腳邊，讓你直直走過。然而我一無所有，於是你冷漠地看著我，像在看奴僕或乞丐。

而我，你可知我沒有一個夜晚、沒有一個白晝、沒有一小時不想著你？我總回想起你浮出水面的模樣，及肩的黑髮、褐色肌膚上垂掛鹹鹹的水珠，衣服滴著水，白皙的腳、粉紅色的腳趾中陷進沙裡，此情此景不斷浮現，在我心頭低喃。喔！不！一切轉眼成空。

再見了！但是，如果遇見你時，我能多個四、五歲，能更大膽就好了……也許會吧？

喔！不，你每個眼神都讓我臉紅。再見了！

XXIII

我聽見教堂的鐘響，喪鐘敲出顫抖的聲音，我心裡有股茫然的愁苦，有事情說不清、存在於幻想，如垂死前的抖動。

喪鐘淒涼的鐘聲引出一連串的思緒，我似乎看見人們在美好時日的慶典上，發出勝利的呼喊，好多馬車和花環，永恆的寧靜與莊嚴庇蔭這一切！

我的靈魂飛向永恆與無極，在宣告死亡的鐘聲裡，飛越懷疑之海。

那規律的鐘聲如墳場般冰冷，必須敲喪鐘的時候，即使碰上節慶也會響起，爲所有喪事哭泣。我喜歡任自己沉醉在這壓制村鎮所有聲音的規律鐘響裡，我喜歡待在田野，待在被成熟麥穗染成金黃的山丘上，聆聽鎮上微弱的鐘聲，在田野間傳唱。昆蟲在草底鳴叫，鳥兒在枝葉下低吟。

冬季，沒有陽光的日子裡，我在一縷陰暗灰白的亮光下，長時間傾聽每一次做彌撒的鐘聲。各處鐘聲響起，猶如一張四平八穩的網子，升向天際，我把心思集中在這巨型樂器上，它巨大無邊，我心裡感受到另一個世界的聲音、旋律與回聲，也感受到某些龐然事物即將消逝。

喔，大鐘！你們將爲我的死亡敲響，一分鐘後，又爲一場洗禮敲響。所以你們代表一種嘲諷，好似殘渣或人盡皆知的謊言，只負責宣告每個階段：受洗、結婚、死亡。可憐的青銅，隱沒藏身於世間，你若在戰場上，大可化身炙熱熔岩，或者，拿來釘釘馬蹄鐵也行……。

福樓拜生平事略

一八二一年	十二月十二日，古斯塔夫．福樓拜（Gustave Flaubert）於今日法國北部諾曼第大區的首府盧昂（Rouen）出生，是安．賈斯汀．卡洛琳（Anne Justine Caroline）與阿希爾－克雷法斯．福樓拜（Achille-Cléophas Flaubert）的次子。 由於父親是當地市立醫院的外科醫師兼院長，福樓拜自小就對醫病環境十分熟悉，塑造出他往後的人生觀與寫作風格。他的寫作生涯起步得很早，據書信內容推測，應從八歲起就開始鑽研寫作。
一八三一年	進入盧昂中學（今日的皮耶．高乃伊中學 Lycée Pierre-Corneille）就讀。
一八三六年	至特魯維勒（Trouville）渡假，結識年長十一歲的少婦愛麗莎（Elisa Schlésinger），成為作品《狂人回憶》、《情感教育》中的人物原型。
一八三八年	寫成《狂人回憶》（Mémoires d'un fou），於隔年贈予童年摯友勒．波特凡（Alfred Le Poittevin）。這是一部自傳式小說，書中部分情節可視為後來作品《情感教育》的縮影。
一八四〇年	應父母期望，中學畢業後赴巴黎攻讀法律。在學期間結識知名作家維克多．雨果（Victor Hugo），但是整體而言，福樓拜的求學生涯並不快樂。
一八四二年	第一部作品《十一月》（Novembre）完成，是一部中篇小說，但是並未出版。
一八四六年	因癲癇發作輟學，父親與妹妹卡洛琳（Caroline）於同年去世。福樓拜因此離開巴黎，定居於盧昂附近、塞納河畔的克羅瓦塞（Croisset），從此未再搬遷。但他在多次旅行中有不少對象，私生活十分混亂。福樓拜返家後，仍經常至巴黎參加聚會，結識許多當代著名文人如左拉（Émile Zola）、都德（Alphonse Daudet）、屠格涅夫（Ivan Turgenev）、龔固爾兄弟（Edmond and Jules de Goncourt）等人，並與喬治．桑（George Sand）展開長年書信往來，直至一八七六年喬治．桑過世為止。

	一八六四年開始至一八五四年，福樓拜與詩人露薏絲．柯雷（Louise Colet）交往，兩人的書信往來被保留下來。據福樓拜傳記作家埃米爾．法蓋（Émile Faguet）指出，與柯雷的交往是福樓拜唯一一段嚴肅以對的關係。
一八四七年	與法學院結識的好友杜康（Maxime Du Camp）至不列塔尼（Brittany）旅行。
一八四八年	至交好友勒．波特凡去世。
一八四九年	此年至一八五一年，赴埃及、巴勒斯坦、土耳其、希臘、義大利等地旅行，在貝魯特感染梅毒。九月完成《聖安東尼的誘惑》（Les Tentations de saint Antoine）一稿，福樓拜將之朗誦給好友杜康和布依雷（Louis Bouilhet）聽，整整讀了四天且不許人打斷和提供意見，最後被友人建議將手稿拿去燒了，不要再寫小說。
一八五〇年	開始著手寫作第一部長篇小說《包法利夫人》（Madame Bovary），一寫就是五年。
一八五六年	《包法利夫人》開始於雜誌《巴黎評論》（Revue de Paris）上連載，政府隨後以「不道德罪」控告福樓拜與出版商。
一八五七年	法院於年初裁定福樓拜無罪，《包法利夫人》出版，同年完成《聖安東尼的誘惑》二稿。
一八五八年	赴迦太基（Carthage）旅遊，為下一部作品《薩朗波》（Salammbô）取材。
一八六二年	第二部長篇小說《薩朗波》出版，此部作品耗時四年寫成，以西元前二四〇年至二三七年間，迦太基僱傭軍隊起義為背景，描寫起義軍首領馬多和迦太基姑娘薩朗波的戀愛。
一八六三年	寫成劇本作品《心靈城堡》（Le Château des cœurs），但遲至福樓拜過世後才於作品全集內出版，一九〇四年首度公演。

一八六七年	與時年十七歲的莫泊桑（Guy de Maupassant）會面。
一八六九年	第三部長篇小說《情感教育》（L'Éducation sentimentale）出版，這也是福樓拜生平最後一部完整的長篇小說。此作耗時七年寫成，靈感奠基於少年時期結識少婦愛麗莎的經歷，此後福樓拜將大部分時間投入下一部長篇作品《布法與貝丘雪》（Bouvard et Pécuchet）的寫作。
一八七〇年	完成《聖安東尼的誘惑》第三稿。同年普法戰爭爆發，住所遭普魯士軍占領。
一八七二年	福樓拜的母親過世，自此他的生命進入非常艱困的時期，直至過世。他相當疼愛妹妹所生的外甥女卡洛琳（Caroline Commanville），為了支援外甥女丈夫的經商失敗，福樓拜陷入財務危機，加之他長年為性病所苦，健康狀況起伏不定。
一八七三年	開始指導莫泊桑寫作。
一八七四年	出版《聖安東尼的誘惑》，劇本作品《參選人》（Le Candidat）首演，然而評價甚為普通。此年開始至一八七七年，陸續寫成短篇小說〈簡單的心〉（Un Cœur simple）、〈慈悲修士聖朱利安傳〉（La Légende de Saint-Julien l'Hospitalier）、〈希羅底〉（Hérodias）。
一八七七年	此三部作品以書名《三故事》（Trois Contes）集結出版，此後戮力於寫作《布法與貝丘雪》。
一八八〇年	五月八日於克羅瓦塞居所因腦溢血過世，享年五十八歲，當時《布法與貝丘雪》的手稿仍擱在書桌上。其後葬於盧昂公墓的家族墓地。法國雕塑家漢瑞·夏普（Henri Chapu）為福樓拜雕鑿的紀念碑在盧昂博物館揭幕。
一八八一年	《布法與貝丘雪》由後人編輯出版，描寫兩個終日抄寫人類知識，卻始終讀不懂內容的抄寫員。
一八八五年	《福樓拜作品全集》出版，由莫泊桑作序。收錄作品包括且不限於前述提及的所有作品手稿。福樓拜熱愛而且勤於寫信，他與親朋好友的書信往來也在後世被集結出版成冊。

國家圖書館出版品預行編目資料

福樓拜短篇小說選集 / 古斯塔夫 . 福樓拜 (Gustave Flaubert) 著 ; 吳欣怡譯 . -- 初版 . -- 臺中市 : 好讀 , 2019.09
面 ; 公分 . -- (典藏經典 ; 121)

譯自 : Contes et nouvelles choisis de Flaubert

ISBN 978-986-178-501-1(平裝)

876.57 108011568

好讀出版

典藏經典 121

福樓拜短篇小說選集

填寫線上讀者回函
獲得更多好讀資訊

作　　者／古斯塔夫．福樓拜 Gustave Flaubert
譯　　者／吳欣怡
總 編 輯／鄧茵茵
文字編輯／林泳誼
封面設計／鄭年亨
行銷企畫／劉恩綺
發 行 所／好讀出版有限公司
407 台中市西屯區工業 30 路 1 號
407 台中市西屯區大有街 13 號（編輯部）
TEL: 04-23157795 FAX: 04-23144188 http://howdo.morningstar.com.tw
(如對本書編輯或內容有意見，請來電或上網告訴我們)
法律顧問／陳思成律師

總 經 銷／知己圖書股份有限公司
106 台北市大安區辛亥路一段 30 號 9 樓
TEL: 02-23672044 / 23672047 FAX: 02-23635741
407 台中市西屯區工業 30 路 1 號
TEL: 04-23595819 FAX: 04-23595493
E-mail: service@morningstar.com.tw
網路書店：http://www.morningstar.com.tw
讀者專線：04-23595819#230
郵政劃撥：15060393（戶名：知己圖書股份有限公司）

印　　刷／上好印刷股份有限公司
初　　版／西元 2019 年 9 月 1 日
定　　價／ 280 元
如有破損或裝訂錯誤，請寄回臺中市 407 工業區 30 路 1 號更換（好讀倉儲部收）

Published by How Do Publishing Co., Ltd.
2019 Printed in Taiwan

ISBN 978-986-178-501-1